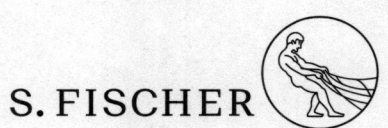

# LIZE SPIT

# DER EHRLICHE FINDER

Roman

Aus dem Niederländischen von
Helga van Beuningen

S. FISCHER

Der S. Fischer Verlag hat sich zu einer nachhaltigen
Buchproduktion verpflichtet. Gemeinsam mit unseren Partnern
und Lieferanten setzen wir uns für eine klimaneutrale
Buchproduktion ein, die den Erwerb von Klimazertifikaten zur
Kompensation des $CO_2$-Ausstoßes einschließt.
Weitere Informationen finden Sie unter
*www.klimaneutralerverlag.de*

Dieses Buch wurde mit freundlicher Unterstützung der *Flanders
Literature* herausgegeben (flandersliterature.be)

Erschienen bei S. FISCHER

Die Originalausgabe erschien 2023 unter dem Titel
»De eerlijke vinder« bei CPNB Boekenweek 2023, Niederlande.
© Lize Spit 2023

Für die deutschsprachige Ausgabe:
© 2024 S. Fischer Verlag GmbH,
Hedderichstr. 114, D-60596 Frankfurt am Main

Satz: Dörlemann Satz, Lemförde
Druck und Bindung: GGP Media GmbH, Pößneck
ISBN 978-3-10-397564-2

Für Elbie Zenelaj

I

Viel mehr könne Tristan am Telefon darüber nicht sagen. Er habe sich einen Plan überlegt, sie würden ihn morgen ausführen, sie bräuchten Jimmy dafür, deshalb wäre es praktisch, wenn er bei ihnen übernachten würde. Ob er heute Nachmittag schon um zwei kommen könne?

Tristan legte auf, zum Fragenstellen bekam Jimmy keine Gelegenheit. Er blieb eine Weile stehen, den Hörer noch in der Hand.

Es war das erste Mal, dass ihn jemand einlud, bei ihm zu übernachten, und Tristan war nicht irgendein x-beliebiger Jemand. Die Ibrahimis schliefen nicht in getrennten Betten, sondern alle zusammen auf Matratzen auf dem Boden, das hatte Jimmy mit eigenen Augen gesehen, als sie neulich Verstecken gespielt hatten und er auf der Suche nach einem Versteck die Schlafzimmertür aufgestoßen hatte. Der Raum war wie ein in Erfüllung gegangener Wunsch, eine Landebahn aus Kissen und Decken, auf denen man mehrere Purzelbäume rückwärts machen oder ein Rad schlagen oder auf den Händen stehen konnte, ohne sich das Rückgrat zu brechen.

Wenn er sich jetzt vorstellte, heute Abend dort zu liegen, zwischen Tristan und seinen sieben Geschwistern, dann regte sich etwas in Jimmys Brust, etwas Fröhliches, aber auch Dumpfes, als schlüge jemand eine Triangel mit einer Mohrrübe an.

Bevor der Spaß losgehen konnte, musste er auf seine tägliche Runde. Um, wie er es selbst nannte, seinen Beruf auszuüben, der darin bestand, ehrlich und achtsam zu sein. Denn außer Tristans bestem Freund war er auch ein angehender Sammler von Weltrang. Und was so einen angehenden berühmten Sammler von einem höchstwahrscheinlich mittelmäßigen Sammler unterschied: unter keiner Bedingung vom Weg abzuweichen. Nicht bei Regen, nicht bei Hagel, nicht bei Nervosität. Also los, die Mütze aufgesetzt, Schnürsenkel doppelt geknotet und das rechte Hosenbein in die Socke gesteckt.

Jimmy fuhr aus dem neuen Viertel hinaus, auf seinem noch etwas zu großen Mountainbike mit den vierzehn Gängen und der Lampe, auf die er mit schwarzem Stift seine Initialen gemalt hatte. Erst nach links in die Herentalsebaan, einen Kilometer geradeaus bis zu dem Apfelhof in Broechem, wo die Sparbüchse für die Selbstabholer stand und wo Kunden, die aus dem Autofenster heraus bezahlten, manchmal Geld aus den Fingern fiel. Danach über die Liersebaan, am Cool Down, dem DrankenArsenaal, De Engel, dem Patriot vorbei, an möglichst vielen anderen Geschäften entlang der Chaussee, um in den Münzrückgabefächern der Zigaretten- und Spielautomaten sowie der Geldwechselmaschinen der Billardtische zu tasten, danach zu der Fußballkantine, alle Schließfächer in den Umkleideräumen checken. Beim Fahren den Blick ununterbrochen auf die Straße gerichtet halten, um verlorene Münzen zu erspähen. Sich nicht zu schade sein, an jedem Brötchen-, Kondom- und Süßigkeitenautomat zu halten, an jeder Parkuhr, und alle auf den Parkplätzen von ALDI, Lidl, GB, vom Gartencenter und von der Fliesenfiliale herumstehenden Einkaufswagen zurückzubringen – nicht nur weil es ihn etwas nervös machte, wenn Dinge nicht ordentlich an ihrem Platz standen, sondern auch weil sich damit noch oft zwanzig belgische Francs verdienen ließen.

Er war fast am Gemeindeplatz, dem entferntesten Punkt seiner Route, wo er immer kehrtmachte, um auf einer etwas anderen Strecke nach Hause zu fahren. Diesmal hatte er noch kein Glück gehabt. In der Ferne konnte er das Cera-Bürogebäude sehen, dort war der Geldautomat, der Ort, an dem theoretisch die größte Chance bestand, der Punkt, auf den hin seine Fahrt zulief.

Es war bewölkt, lau und windstill, keine fröhlich flatternden Fähnchen an der Pommesbude. Mäßiges Sommerwetter, das nicht ganz zu der Aufregung passte, die Jimmy verspürte, und nicht zu dem Tag, an dem er zum ersten Mal in seinem Leben woanders übernachten würde.

Er sah es nicht gleich. Die Blicke, die er von weitem auf den Bankautomaten warf, gingen aus reiner Gewohnheit bereits mit relativierenden Sätzen einher – es wäre auch wirklich zu einfach, Geld bei einer Bankfiliale zu finden. Als er aber nahe genug herangekommen war, durchfuhr ihn ein Schock, der seinen Körper von Kopf bis Fuß zittern ließ. Genau heute, genau jetzt, wo er mit seinen Tagträumen schon bei Tristan und bei heute Abend war, geschah das, worauf er seit Monaten gehofft hatte: Aus der Klappe ragten Scheine hervor. Die Quelle allen Geldes, die Schatzfabrik der Reichen hatte etwas für Jimmy verwahrt!

Er wollte dieses Glück so lange wie möglich andauern lassen, zu einem hauchdünnen Faden dehnen, der einfach kein Ende nahm, er wollte Tristan dazuholen, um das Glück zu verdoppeln, doch aus Angst, der Automat würde es sich anders überlegen und das Geld wieder schlucken, beeilte Jimmy sich. Sein Mountainbike ließ er an Ort und Stelle fallen, dann spurtete er über den breiten Gehweg zum Geldschlitz. Er musste es zählen, denn er konnte sich erst wirklich als Finder bezeichnen, wenn er genau wusste, wie viel es war. Es war ein ganzes Bündel, noch nie hatte er Banknoten in so großer Zahl in der Hand gehalten, dass sie Gewicht hatten. Auf der Vorderseite der Fünfhundertfrancnote war ein seriöser Herr abgebildet. Jimmy drückte den Herrn auf dem obersten Schein an seine Wangen, erst rechts – danke! – und dann links – danke! Warum hatte ihm vorher niemand gesagt, wie glatt neues Papiergeld war, so weich wie ein frisch gewaschener Kissenbezug?

Er blickte um sich. Das Reiterstandbild in der Mitte des Platzes, das Schaufenster des geschlossenen Brötchenladens, die Einfahrt der Feuerwehrzentrale. Es war kein Scherz, nirgends kam ein Kamerateam zum Vorschein, es gab nicht einmal Zeugen, das Dorfzentrum lag vollkommen verlassen da.

Er zählte das Geld noch einmal durch, aus Angst, der Herr auf dem Schein hätte Protest eingelegt, weil er nicht von einem Jungen mit dem Familiennamen Sluis, Sohn eines pleitegegangenen Versicherungsagenten, gefunden werden wollte, aber nein, es blieben dieselben zehn blauen Scheine im Wert von insgesamt – schnell mal rechnen – fünftausend Francs.

Fünftausend Francs, das bedeutete: mehr als zweihundertfünfzig Tüten Chips, wenn man sie im großen Supermarkt kaufte. Und mehr als zweihundertfünfzig große Tüten Chips, das bedeutete: mehr als siebenhundertfünfzig Flippos, jeweils mit der Chance auf ein noch fehlendes Exemplar.

Er schnupperte an den Scheinen, sie rochen überraschend neutral, rollte sie zusammen und klemmte sich die dicke, fette Zigarre zwischen die Lippen, wie es Peter Bruchmüller in den Gaston-Comics machte, nur war er kein reicher Geschäftsmann mit einer Mappe voller Verträge, nein, in Kürze wäre er etwas Besseres: ein Sammler von Weltrang.

Jimmy ging zu seinem Fahrrad zurück. Er hatte noch den ganzen Nachhauseweg, um sich zu überlegen, wie er es am besten anstellen sollte. Im nächstgelegenen Supermarkt könnte er sich schon mal Chips aussuchen, die Höchstzahl an Tüten, die er auf seinem Mountainbike transportieren konnte, eine Einkaufstüte an jedem Griff, und dann heute Nachmittag die ihrer Flippos beraubten Chips zu Tristan mitnehmen, für jeden Ibrahimi eine andere Geschmacksrichtung. Oder nein, er musste schlau vorgehen, besser war es, den vollen Betrag in ein und demselben Geschäft einzusetzen, weil die Flippos den Tüten, die vom Band rollten, in der richtigen Reihenfolge beigegeben wurden, das heißt, wenn man von ein und derselben Partie welche kaufte, hatte man auf jeden Fall die gesamte Flipposammlung von Nummer 1 bis 295 auf einen Schlag komplett, mehr noch, man hatte gleich zwei Sammlungen komplett. Er könnte Onkel Kurt das Geldbündel zeigen – der gab sich immer freundlich gegenüber Leuten mit viel Geld in der Tasche – und ihn bitten, mit dem Anhänger zum Makro zu fahren. Soweit er wusste, gab es in der ganzen Provinz noch niemanden, der eine vollständige Flipposammlung besaß. Die Zeitung würde bestimmt darüber berichten und einen Fotografen schicken, wie sie es auch beim besten Kürbiszüchter der Gegend oder dem erfolgreichsten Hechtfänger des Angelclubs tat.

Er sah es schon vor sich, den Gemeindeplatz, die Zeremonie, bei der der Bürgermeister ihn als den ersten Sammler mit zwei vollständigen Sammlungen ehren würde, die Blaskapelle mit den Majoretten, darunter die beiden ältesten Ibrahimi-Mädels, die Gemeinde hätte Klapptische aufgestellt, schön zurechtgemacht mit Papiertischdecken und Chipsschälchen, es würde Applaus geben, vielleicht würde sogar sein Vater kommen und zuschauen, und dann käme das Beste, der *moment suprême*: die Überreichung der Alben mit den Doppelten an Tristan, der sie mit offenem Mund entgegennehmen und damit auf einen Schlag ebenfalls ein Topsammler sein würde.

Jimmy sah auf seine Uhr, höchste Zeit aufzubrechen, um zwei sollte er bei Tristan sein. Er war noch nie zu spät gekommen.

Genau als Jimmy das Geld in die Bauchtasche stecken wollte, die er am Lenker angebracht hatte, kam ein weißer Sportwagen angefahren, der auf Höhe der Bank abrupt bremste. Ihm entstieg eine gut gekleidete Dame in hochhackigen Schuhen, drahtig und schlank wie ein Windhund. Sie marschierte hart an Jimmy vorbei, schnurstracks auf den Automaten zu. Dort schaute sie sich kurz um, rüttelte an der Klappe, drehte sich um. Erst da sah sie Jimmy. Sie blickte auf die Bauchtasche, deren Reißverschluss noch offen war. Unbeholfen ließ er das Geldbündel in seiner Hosentasche verschwinden.

»Hast du zufällig gerade Fünfhunderter aus dem Automaten genommen?« Ihre rot lackierten Zehen waren in den vorne offenen Schuhen zusammengequetscht.

Er hätte sofort wegfahren müssen. So blöd von ihm, das

Geld nicht in sicherer Entfernung vom Automaten zu zählen.

Er schüttelte den Kopf, mit nicht ganz genügend Nachdruck.

Sie blieb vor ihm stehen. »Ich habe vor nicht mal fünf Minuten einen großen Betrag abgehoben, um meinen Bauunternehmer zu bezahlen« – jetzt klang sie entschiedener – »und offenbar gibt dieser Mistautomat das in zwei Portionen raus, ohne Warnhinweis. Vor lauter Zerstreutheit habe ich die zweite Hälfte liegen lassen. Fünftausend Francs futsch.«

Sie verfolgte aufmerksam jede Bewegung seiner Hand, die er, ohne Geld, wieder aus der Hosentasche zog. »Was hast du da gerade in deine Hosentasche gesteckt?«

»Och, nichts«, sagte Jimmy so beherrscht wie möglich. In seinem Bauch wurden tausend Triangeln gleichzeitig angeschlagen. Er überlegte sich, wie er flüchten könnte. Theoretisch gab es viele Möglichkeiten.

Sie deutete auf seine Hand. »Zeig mir, was in deinen Hosentaschen ist.«

Er zog sein T-Shirt aus der Hose, es war etwas zu groß und bedeckte seine Taschen.

»Das Geld gehört mir«, sagte die Frau. »Wenn du mir nicht glaubst, dann können wir uns die Kamerabilder von dem Automaten zeigen lassen.« Sie deutete auf den Automaten, winkte, als würde auch ihre Unterhaltung gefilmt.

Er war ein erfahrener Ehrlicher Finder. Hätte er jetzt bloß seine Krawatte und seine Handschuhe dabei, dann würde sie sehen, dass er es ernst meinte, dass er Finden zu seinem Beruf gemacht hatte, dann würde er sich trauen, den Spruch zu wiederholen, den er seine Mutter in den vergangenen Monaten unendlich oft hatte sagen hören, jedes Mal, wenn sie Sachen seines Vaters zum Secondhandladen gebracht oder in den Müll geschmissen hatte: »Weggegangen, Platz vergangen.«

»Aber ich weiß genau, wie viel es ist«, stammelte er. »Wie kann es dann Ihnen gehören?«

Die Frau streckte ihm die offene Hand entgegen. »Ich hab dir doch gerade erzählt, wie viel es ist, du Schlaumeier. Gib mir mein Geld zurück, oder ich rufe die Polizei.«

Gerade erst war Jimmy auf dem Gemeindeplatz geehrt worden, der Applaus war noch nicht ganz verklungen, und schon musste er alles zurückdrehen. Tristan musste seinen offenen Mund wieder schließen und Jimmy die gerade erst entgegengenommenen Alben wieder zurückgeben, der Bürgermeister schluckte seine Rede wieder hinunter, die Gemeindearbeiter klappten alle Tische wieder zusammen und wickelten die Papiertischdecken wieder auf die Rolle, die ganze Zeremonie war ein Irrtum, alle Flippos mussten zurück in die Chipstüten, die Tüten wieder in den Anhänger, die Plane wieder darüber und er obendrauf, Lieder rückwärts singend, alles zurück zu Makro, wo die Tüten wieder ordentlich in die Kartons und die Kartons wieder in die Regale mussten. Onkel Kurt wollte trotzdem bezahlt werden, also machte Jimmy im Grunde sogar Verlust.

»Das Geld ist nicht für mich, es ist für Tristan«, sagte er. »Wissen Sie, wer das ist? Tristan Ibrahimi? Ich übernachte heute Abend bei ihm. Er ist auf einem Ohr taub. Und er hat null Flippos, weil seine Eltern nur No-Name-Chips kaufen.«

Die Frau schien völlig unbeeindruckt, möglicherweise kam sie gar nicht von hier. Wer weiß, vielleicht hatte sie in ihrem Dorf ihre eigene Kosovo-Familie.

»Sie sind den ganzen Weg zu Fuß hierhergekommen. Und unterwegs haben die Soldaten sie gezwungen, einen gebratenen Fötus zu essen, und Tristan hat eine Granate so nah explodieren hören, dass sein Trommelfell geplatzt ist.«

Die Frau schüttelte den Kopf und kam mit ihrer geöffneten Hand noch näher, bis kurz vor Jimmys Gesicht. Jimmy zog sein Fahrrad, das zwischen ihnen stand, dichter zu sich heran.

»Ohne dieses Geld kann sein Trommelfell nicht heil gemacht werden.«

Sie machte eine ungeduldige Handbewegung.

Er zog die Geldrolle aus seiner Tasche und legte sie in ihre Hand. Beim Loslassen spürte er, wie ihm die Tränen kamen.

»Danke. Normalerweise würde ich dir einen Finderlohn geben, aber du hast mich angelogen.«

Wäre Tristan jetzt nur hier, der hatte einen Krieg überlebt, der schlachtete sogar Hühner, der wüsste todsicher, was mit der Frau zu tun wäre.

Die Frau stieg in ihren Wagen. Erst als das Auto außer Sicht war, setzte Jimmy sich in Bewegung. Wollte er noch Zeit für sein festes Ritual haben, bevor er zu Tristan fuhr, dann musste er jetzt los. So merkwürdig dieser Tag bislang auch verlaufen war, ein Sammler durfte niemals aufgeben.

Er ging neben seinem Rad her, bis seine Beine nicht mehr zitterten. Dann stieg er auf und strampelte im höchsten Gang los.

Vor etwas mehr als einem Jahr, einen Monat nachdem Jimmys Vater gegangen war, erschien Tristan in Jimmys Leben. Es war an einem Mittwoch, kurz nach dem Schwimmunterricht. Am Abend zuvor hatte Jimmy noch das Flippophon anrufen wollen, um von der Scheidung seiner Eltern zu erzählen, in der Hoffnung, sie würden bedauernswerten Kindern seltene Exemplare schicken, aber er hatte es sich anders überlegt und aufgelegt, bevor sein Anruf beantwortet wurde, denn vielleicht verfügten sie über eine Datenbank und konnten sehen, was sein Vater verbrochen hatte.

Mit noch nassen Haaren stieg Jimmy an jenem Mittwoch aus dem Bus, der die gesamte zweite und dritte Stufe ins Gemeindeschwimmbad in Pulderbos gebracht hatte. Er schlurfte vor dem Rest seiner Klasse zum Klassenraum zurück, wo nach einer kurzen Pause der Lesekompetenzunterricht anfangen sollte. Jimmy hasste diese Stunde, denn die Lehrerin rief willkürlich den Namen desjenigen auf, der laut weiterlesen sollte, und Jimmy konnte sich unmöglich auf den Text konzentrieren, wenn ihm nasse Haarsträhnen im Nacken klebten.

Beim Betreten der Klasse sah er einen fremden Jungen, der vorn auf dem Podest neben der Schulleiterin wartete, bis alle Kinder der Dritten auf ihren Stühlen Platz genommen hatten. Jimmy suchte Blickkontakt mit dem Jungen, was nicht gelang. An der Art und Weise, wie er da stand, konnte man erkennen, dass er ihre Sprache nicht sprach. Er trug eine zu kurze Jeans, die dunkel glänzte, als ob er auf Knien durch geschmolzenes Kerzenwachs gekrochen wäre. Seine Haare waren lang, lockig und zu einem kleinen Schwanz zusammengebunden. Er war dürr und bestimmt einen Kopf größer als Jimmy, aber das war auch nicht weiter schwer.

»Das ist Tristan«, sagte die Schulleiterin Virginie, nachdem sie die Klasse zur Ruhe ermahnt hatte. »Tristan Abrahama.« (So sagte sie es, ohne mit der Wimper zu zucken, Tristan sollte sich erst später trauen, andere zu korrigieren. »Ibrahim, mit i wie in Fisch!«) Er sei elf Jahre alt, käme aus dem Kosovo und hätte eine schwere Zeit hinter sich. Er sei den ga-a-anzen Weg nach Belgien zu Fuß mit seinen Eltern und Geschwistern gelaufen, sie hätten schlimme Dinge gesehen, deshalb habe die dritte Klasse jetzt die Aufgabe, sich gut um ihn zu kümmern. Tristans zwölfjährige Schwester Jetmira sei auch dieser Schule zugewiesen worden, sie würde in die vierte Klasse aufgenommen.

Die Schulleiterin führte Tristan in die Klasse. Mit jedem Schritt, den sie auf seine Bank zutat, durchfuhr Jimmy ein noch heftigerer Freudenstoß. Schließlich machten sie genau vor dem leeren Platz neben Jimmy halt.

»Sluis, unser Einstein höchstpersönlich, gibst du auf Tristan acht, damit er sich hier wohlfühlt?«

Endlich, dachte Jimmy, endlich brachte die Tatsache, dass er zu keiner Clique gehörte, ihm etwas ein. »Tristan, kümmere du dich auch gut um Jimmy, auch er macht eine schwierige Zeit durch«, sagte sie zu Tristan, während sie hauptsächlich Blickkontakt zu Jimmy suchte.

Tristan schüttelte Jimmy die Hand, so schlaff, dass sie ein Insekt von Handfläche zu Handfläche hätten befördern können, ohne dass es dabei Schaden erlitten hätte.

Es gab eine Förderlehrkraft in Teilzeit an der Schule, die Tristan und seiner Schwester zusätzlichen Niederländischunterricht gab, eine Stunde pro Tag. In allen anderen Stunden nahm Jimmy Tristan unter seine Fittiche. Jimmy, der sich in den Schulstunden meist langweilte, der Noten weit über dem Durchschnitt bekam, spielte den Boten, übermittelte Tristan alles, was die Lehrerin der Klasse erklärte, so gut wie möglich, damit Tristans mangelnde Kenntnisse die Klasse nicht aufhielten. Mit diesem Auftrag waren auch Privilegien verbunden: Jimmy und Tristan waren die Einzigen, die während des Unterrichts zeichnen, tuscheln und sich Zettel zuschieben durften.

In den ersten Wochen kommunizierten sie vor allem mit Gesten und spielten Pictionary, um Informationen auszutauschen. Tristan war lernbegierig, deutete manchmal mit beiden Händen gleichzeitig auf Dinge, für die Jimmy ihm das niederländische Wort beibringen sollte. Jimmys Kladde war gespickt mit Skizzen, Buchstaben und Pfeilen.

Abgesehen von der Sprache gab es noch jede Menge anderer Dinge, die Tristan wissen musste, wenn er an Jimmys Seite in Belgien bleiben wollte. Zum Beispiel dass bei einem Test stets ein vierblättriges Kleeblatt in der oberen Ecke des Pults liegen musste – Jimmy hatte für Tristan auch eines gesucht, zwischen den Gelben Seiten getrocknet und dann so sorgfältig wie möglich plastifiziert. Oder dass man aus dem Stift, den er Tristan geschenkt hatte, nicht nur eine blaue, sondern auch eine grüne, eine schwarze und eine rote Mine klicken konnte, dass es aber verboten war, Rot zu benutzen, diese Farbe war ausschließlich der Lehrerin vorbehalten. Oder wie man einen Dinokeks essen musste: Beim Öffnen der Verpackung sofort die drei Monster unschädlich machen – Kopf ab – und erst danach den Rest verputzen. Dass es Gott nicht gab, dass man aber, wenn man etwas verloren hatte, den heiligen Antonius bitten konnte, einem beim Suchen zu helfen, allerdings nicht zu oft, denn Antonius war allein, und man war bestimmt nicht der Einzige, der sich an ihn wandte. Dass man für die Mittagspause Tee-Marken bei der Lehrerin kaufen konnte und dass man, wenn man beide Aufpasser in der Mensa um Zucker bat, insgesamt vier Würfel ergattern konnte, die man nacheinander auf der Zunge zergehen lassen konnte.

Alles, was Jimmy in jenen ersten Wochen fürchtete, nämlich dass sie in der Klasse voneinander getrennt würden oder dass sich Tristan jemand anderem würde anschließen wollen, erwies sich als unbegründet: Die Lehrerin garantierte ihm, dass sie bis zum Ende des Schuljahrs nebeneinander sitzen bleiben dürften – ihnen wurde lediglich aufgetragen, die Plätze zu tauschen, weil sich herausstellte, dass Tristan auf dem rechten Ohr schlecht hörte.

Wenn Jimmy nicht aufpasste, lief er die ganze Zeit mit einem breiten Grinsen auf den Lippen herum, einem Grinsen, das er aber doch besser zu unterdrücken versuchte, weil die Mobber aus der fünften und sechsten Klasse nicht merken durften, dass er, Sluis Streberlaus, Sluischen Kackmäuschen, endlich mal Glück hatte. Sie würden es sofort zerstören, so wie sie sein lächelndes Gesicht auf dem großen Schulfoto am Schwarzen Brett auf dem Gang durch eine Heftzwecke ersetzt hatten.

Die Lehrerin hatte Tristan, als er sich nach ungefähr zwei Monaten mit Hilfe von Stichwörtern verständlich machen konnte, in einer eigens ihm gewidmeten Erdkundestunde mit dem Zeigestock auf der Karte zeigen lassen, wo genau er herkam und welchen Weg er zurückgelegt hatte – vom Nordwesten des Kosovo durch den Nationalpark nach Montenegro, durch Albanien, über das Adriatische Meer bis zum Stiefelabsatz von Italien. Sie waren tagelang fast ohne Essen durch die Berge geirrt, die Kleinsten der Familie wurden von den Größeren mitgeschleppt. Kosovo lag in Luftlinie ungefähr zweitausend Kilometer von Belgien entfernt, aber sie waren keine Vögel, sie hatten Grenzposten passieren müssen, zweimal kehrte der Zeigestock von Italien auf dem Landweg nach Albanien zurück, zweimal waren sie nach der lebensgefährlichen Überquerung des Meeres in einen Bus zurück nach Albanien gesetzt worden. Beim dritten Mal hatten sie es geschafft, obwohl sie einen halben Kilometer vor der Küste aus dem Boot gestoßen worden waren. Sie waren auch keine Fische, ein Kind der Familie, mit der sie das kleine Boot teilten, hatte sich nicht bis ans Ufer retten können.

Die Karte hatte einen Maßstab von 1 : 6 000 000, Jimmy rechnete aus, wie viele Meter Tristan hatte marschieren müssen, um hierherzugelangen. Es war ein Wunder, dass er noch zwei Füße hatte, dass sie nicht bis über seine Knöchel abgelaufen waren.

Die Lehrerin hatte den Weg mit Klebestreifen markiert, die bis zum Ende des Schuljahrs an der Karte hängen blieben. Beim Anblick dieser gewundenen Route und der Vielzahl an anderen Richtungen, die möglich gewesen wären, überkam Jimmy jedes Mal ein Gefühl der Erleichterung. Tristan hätte überall landen können, in sämtlichen Ländern der Erde, in allen Dörfern, allen Schulen, allen Klassen, aber er war ausgerechnet in Belgien, in Bovenmeer, in der Gemeindegrundschule, in der dritten Klasse, hier neben ihm gelandet. Jimmy war in letzter Sekunde einem Leben ohne Tristan entronnen. Die Chance, dass Tristan sein Freund wurde, war noch kleiner als die Chance gewesen, dass jemand aus Jimmys Familie in der Smith's-Fabrik arbeitete, zu Weihnachten eines der zehnteiligen limitierten Flippo-Sets bekommen und ihn damit beschenkt hätte. Die gleiche Fürsorge, mit der Jimmy eine so seltene Serie behandeln würde, würde er jetzt Tristan zuteilwerden lassen. Er würde seinen nigelnagelneuen Freund gegen nichts anderes eintauschen.

Dass die ganze Klasse die Fluchtroute jetzt sehen konnte, fand Jimmy doof, genauso wie er es doof fand, dass die Förderlehrkraft Tristan jeden Vormittag für eine Stunde der Klasse entzog. Tristan an andere auszuleihen fand er genauso schwer, wie andere an seinem Eis lecken zu lassen.

Zum Glück hatte Jimmy noch immer sein Spargeld. Das wurde jeden Sonntag um fünfundsiebzig Francs aufgestockt, wovon er immer fünfzehn dabeihatte, wenn er seine Runde drehte, für den Fall, dass er ohne Beute nach Hause musste; genug für eine Tüte Smith's. Ohne Tüte kein Ritual.

Er betrat das Winkeliertje, den einzigen Minimarkt von Bovenmeer. Die Betreiberin wusste inzwischen, wie genau es auf alles ankam, dass der Kauf von Chips heutzutage ebenso ernst genommen wurde wie Glücksspielen und dass Jimmy wie die anderen Kinder aus dem Dorf darauf bestand, seine Tüte selbst auszusuchen. Als die Flippo-Manie ausbrach, blieb ihr nichts anderes übrig, als ihren Laden umzuräumen, die Chipsabteilung zu erweitern und dorthin zu verlegen, wo früher die Frühstückssachen lagen. Die Körner und Flocken landeten hinter dem Ladentisch bei den Zigaretten. An der Eingangstür hatte sie ein Blatt mit Richtlinien aufgehängt:

> CHIPS ÖFFNEN BEDEUTET: CHIPS BEZAHLEN!
> ZUGETACKERTE CHIPSTÜTEN WERDEN
> NICHT GEGEN NEUE GETAUSCHT!

Da die Frau die Diskussionen leid war, stand seit dem Beginn der Sommerferien auf der Theke ein Körbchen mit Flippos, so dass enttäuschte Kunden ihre doppelten Exemplare umtauschen konnten. Jimmy hatte davon nie Gebrauch gemacht, genauso wie er auch nie zu einer Tauschbörse gehen würde – die wurden für ehrlose Menschen veranstaltet, für Falschspieler, die ein Stück von der Rennstrecke abkürzen und trotzdem zusammen mit dem Rest ins Ziel kommen wollten. Im Übrigen fanden die Tauschbörsen immer an Orten statt, die man nur mit Hilfe der elterlichen Fahrdienste erreichen konnte.

Jimmy streckte die Hand nach der Tüte aus, zu der sein Bauchgefühl ihn dirigierte, die Tüte, die den Eindruck machte, ihn auszuwählen anstatt andersherum, die Tüte, von der er schwören würde, dass sie ihm etwas zuflüsterte, die sich ihm auch ein wenig zuneigte, doch kurz bevor er zugriff, im allerletzten Augenblick, wich er doch von seinem Kurs ab und nahm eine x-beliebige verheißungslose, schweigsame Tüte. Auf diese Weise umging er das Schicksal, bekam etwas, was eigentlich nicht für ihn bestimmt war. Er wusste genau: Was zunächst nicht für ihn bestimmt war, brachte mehr Glück.

●●●●

Jimmys Elternhaus war das einzige moderne Wohngebäude im Dorf. Mit seinem spitz zulaufenden Bug und den vielen runden Fenstern ähnelte es einem Schiff, als wäre es hier einst in einer Fahrrinne eingelaufen und dann zusammen mit dem ganzen Wasserlauf versteinert.

Jimmy schämte sich für die Form des Hauses in Kombination mit seinem Familiennamen Sluis, Schleuse, wie immer ging er eilig über die Einfahrt zum Haus.

Die gesamte Wohnfläche breitete sich ebenerdig aus, nicht nur die Wohnräume, sondern auch das ehemalige Versicherungsbüro von Jimmys Vater, ein großer Anbau, der seit der Scheidung leer geräumt war, das gesamte Inventar verkauft. Das Einzige, was dort jetzt noch stand, waren die Futternäpfe und Körbe von Stups und Steppke, den beiden kleinen Dackeln, die seine Mutter sich vor kurzem zugelegt hatte.

Im Haus war kein Kläffen zu hören, kein Krallenscharren auf dem Fliesenboden. Seine Mutter war bestimmt mit den Hunden unterwegs.

Jimmy war von der plötzlichen Übernachtungseinladung so perplex gewesen, dass er während des Telefongesprächs mit Tristan an diesem Morgen nicht mal gefragt hatte, ob er sein eigenes Bettzeug mitbringen sollte und ob für Tristans Plan noch irgendetwas gebraucht wurde.

Er kannte Tristans Nummer auswendig, wusste auch genau, wie die Zahlen klangen, wenn sie auf der Wählscheibe gedreht wurden. Kurz kurz, kurz lang kurz, kurz lang, lang lang – die Nummer endete mit drei Neunen.

Tristan persönlich war am Telefon. Jimmy bräuchte überhaupt nichts mitzubringen. »Wir haben alles.« Und nach einer Pause: »Jimmy, wir dürfen nicht bleiben.«

»Wie, ihr dürft nicht bleiben?« Jimmy hatte die Spiralschnur des Telefons gerade um seinen Zeigefinger gewickelt, ein kleiner Verband aus weichem Gummi, den er sofort wieder abriss.

»Wir haben heute morgen einen Ausweisungsbescheid bekommen.«

»Heute Morgen.«

Das erklärte, weshalb Tristan heute, an einem Mittwochvormittag in den großen Sommerferien, zu Hause war. Normalerweise nahm Tristan während der Schulferien zu diesem Zeitpunkt am Schwimmunterricht teil, genauso wie montags und samstags vormittags. Dafür sorgte Mijnheer Pieters eigenhändig, der Tristan während der Ferien dreimal die Woche ins Schwimmbad von Pulderbos brachte, nachdem er gehört hatte, was Tristan bei der Klassenfahrt ans Meer widerfahren war.

»Ja, heute Morgen. Nur Paola darf bleiben.« Mehr wollte Tristan am Telefon dazu nicht sagen. »Aber wir haben uns einen Plan ausgedacht. Geht es noch immer klar, dass du bei uns schläfst?«

»Natürlich«, sagte Jimmy. Er war so erschrocken über diese Neuigkeit, dass er hätte heulen können, doch der ruhige, bestimmte Ton, in dem Tristan von seinem Plan sprach, hielt ihn davon ab.

»Zieh keine zu schweren Schuhe an. Bis gleich, vierzehn Uhr.«

Jimmy nickte. Sein Zeugnis lag schon seit zwei Wochen neben dem Telefon bereit, für den Moment, wenn sein Vater anrufen würde. Es war sein bestes bisher, siebenundneunzig Prozent insgesamt. Das lag an Tristan.

Jimmy sah seine Mutter mit den Hunden die Einfahrt heraufkommen, er sauste in sein Zimmer. Die Türklinke blockierte er mit einem Besen. Er stellte seine Schuhe unter das Bett und setzte sich an den Schreibtisch. Dies war, alles in allem, der allerschönste Teil an seinem Beruf. Jetzt war er ganz allein, niemand wusste, was er hier machte, also konnte ihm niemand in die Quere kommen.

Normalerweise verbrachte Jimmy hier nur die Stunden, die Tristan im Schwimmbad war, Stunden, in denen er ohnehin nichts Besseres vorhatte, doch jetzt, wo Tristan zu Hause hockte, mit der Nachricht von ihrer Ausweisung, verspürte Jimmy den Drang, sich zu beeilen. Er wollte Tristan zu Hilfe eilen, eigentlich wollte er alle Zeit, die ihnen noch blieb, mit ihm zusammen verbringen. Das Letzte, wozu er heute Lust hatte, war, etwas zu tun, von dem Tristan nichts wusste.

Er holte ein paarmal tief Luft. Eile war nie gut, nach Unehrlichkeit war sie der größte Fallstrick für einen Sammler.

Jimmy öffnete die Schublade mit dem Zahlenschloss, holte eine gelbe Satinkrawatte heraus, die er ein Jahr zuvor aus dem Karton mit den Kleidungsstücken seines Vaters geangelt hatte, die gespendet werden sollten. Sie richtig binden, das konnte er immer noch nicht, aber er bekam etwas hin, das dem nahekam. Am breiten Ende steckte er die Nadel fest, ein bemaltes Stück Tetraplastik, das er mit Sekundenkleber an der Metallklemme eines Parkers befestigt hatte, J. S., FLIPPO-SAMMLER. Und so wurde das Schlafzimmer mit den Postern von den Ninja Turtles zu einem Büro, einem Ort, an dem gewichtige Dinge passierten, so wie der leere Raum unten zu einem erfolgreichen Versicherungsbüro geworden war, als sein Vater ein Whiteboard darin aufgehängt hatte.

Jimmy hatte Tristan noch nichts von der Existenz von J. S. erzählt. Es erschien ihm plausibel, dass einer, der erst vor kurzem sein gesamtes Hab und Gut hatte zurücklassen müssen, nicht sofort scharf darauf war, möglichst viele, wenige Zentimeter große Plastikscheiben in seinen Besitz zu bringen. Er wartete geduldig auf Zeichen, die darauf hindeuteten, dass Tristan sich fürs Sammeln zu interessieren begann. Die ganze Zeit hindurch hatte er für seinen Freund eigene Mappen bestückt. Tristan würde, sobald er bereit dazu war, mühelos einsteigen können.

Jimmy atmete ein paarmal tief ein und aus, bis seine Hände nicht mehr zitterten.

Erst musste er dem heiligen Antonius gegenüber ein und denselben Wunsch dreimal aussprechen. Normalerweise konnte man sich nur wegen Eigentum an ihn wenden, das man wiederfinden wollte, doch Jimmy hatte herausgefunden, dass Antonius an ruhigen Tagen auch manchmal bereit war, einem dabei zu helfen, Dinge zu bekommen, die einem noch gar nicht gehörten.

*Heiliger Antonius, ein Bruder oder eine Schwester waren ja nicht drin, aber dann mach bitte meine Sammlung komplett.*

Natürlich hatte er sich die Frage gestellt, ob das fair war, ob das keine zu deutliche Erpressung war und ob es sich dann nicht zu seinem Nachteil auswirken würde, doch die Chance war groß, dass Heilige vergaßen, welchem Kind sie welche Dinge in der Vergangenheit gewährt hatten, und es konnte also nicht schaden zu betonen, dass er bisher nicht bedacht worden war.

Nach dem Beten nahm Jimmy aus einer verschlossenen Schublade seine vier Mappen, zwei für seine eigene Sammlung und zwei für Tristans Sammlung, und legte sie genau parallel nebeneinander auf die Schreibtischplatte, die Ecken in Höhe der sechzehn kleinen Kreuze, die er mit Bleistift aufgemalt hatte. Auf die leere Fläche, die in der Mitte übrig blieb, kam sein Handwerkszeug: eine Rolle Küchenpapier, ein gefaltetes weißes Papierblatt, ein Fläschchen Brillenputzmittel, ein Plastikhandschuh, eine Schere und eine Pinzette. Er zog den Handschuh an, der von orangem Bratfett glänzte, und öffnete die Chipstüte, ohne dass sie irgendwo einriss.

Das Ausschütten des Inhalts auf das gefaltete Blatt war mit der meisten Spannung verbunden, der Moment, in dem alles noch möglich war.

Er hatte bereits viel. Seine Flippo- und seine Mega-Flippo-Serie waren bis auf wenige Exemplare vollständig, in der Flying-Serie fehlten noch vier Stück, in der Techno-Serie sieben, in der World-Serie fehlten ebenfalls noch vier, die Olympic- und die Cheetos-24-Game-Serie waren bis auf sechs beziehungsweise fünf Flippos komplett. Von der Time-Serie und den Pop-up-Monstern hatte er noch am wenigsten. Diese beiden, die aus insgesamt lediglich vierzig Stück bestanden, erwischte man am schwersten. Von den 295 verschiedenen Flippos hatte Jimmy jetzt 253 in seinem eigenen Album und 195 in Tristans. Insgesamt besaß er fast fünfhundert, denn manche hatte er sogar dreifach. Er kannte seine Sammlung besser als irgendetwas sonst, sie steckte so selbstverständlich in seinem

Kopf wie das Einmaleins, er konnte vorwärts und rückwärts aufzählen, wie viele Exemplare er von welchem Flippo besaß, er kannte alles Wissenswerte, das auf den Schutzblättern in Mappe 2 stand, er hatte sich selbst so lange abgehört, bis er den Flippo zu jeder Zahl zwischen 1 und 295 blind beschreiben konnte. Am schönsten zum Auswendiglernen war die World-Serie, die berühmten Persönlichkeiten aus der Geschichte. Wenn er nicht schlafen konnte, blätterte er im Bett in seinen Alben, um alles zu studieren.

Er hoffte auf einen World-Flippo, speziell auf Nummer 233, Elmer Fudd als Vincent van Gogh. Den hatte er noch nie in echt gesehen, doch schon die vorgedruckte Abbildung war vielversprechend. Es würde ihn ein ganz klein wenig dafür entschädigen, dass diese Frau ihm seine fünftausend Francs abgenommen hatte. Er schüttelte die Tüte vorsichtig. Er konnte es in seinem Bauch spüren, als würden da alle Möglichkeiten durch *ein* enges Loch gedrückt, um in *einem* wirklichen Ergebnis zu münden.

Er sah es sofort, an der vierfarbigen Rückseite, es war ein Olympic-Flippo, Nummer 244. Tweety, sechs Punkte wert. Nicht schlecht, aber den hatte er bereits in seiner eigenen Sammlung. Für Tristan war das aber eine tolle Nachricht, in seiner Mappe fehlte dieses Exemplar nämlich noch.

Bevor er den Flippo aus der Verpackung nahm, schüttete er die Chips entlang des Falzes in dem Papierblatt in den richtigen Frischhaltebeutel. Er hatte einen für jede

Chipssorte, einen für die Grills, einen für Crispy natur, einen für Crispy Paprika, einen für Cheetos, einen für Drakis, einen für Ringlings, einen für Mama Mias und so weiter. Die Chips bewahrte er auf, um später mit Tristan Mansch daraus machen zu können.

Die Chipsverpackung mit dem Hinweis auf der Vorderseite, dass sie Flippos enthielt, strich er glatt. Danach klebte er sie mit ablösbarem Tape in Skizzenheft Nummer 10. Unten auf die Seite schrieb er, welche Flippos die Verpackung enthalten hatte, das Datum sowie die Uhrzeit und den Ort des Erwerbs. Es war ein Logbuch – wenn er schon nicht die größte Sammlung haben konnte, dann wenigstens die vollständigste und detaillierteste. Er war sich sicher, dass niemand sonst daran dachte, so präzise zu Werke zu gehen, und später, wenn die Flippo-Sammelwut wissenschaftlich erforscht werden würde, wäre er die wertvollste Informationsquelle.

Jimmy nahm den Flippo aus der Plastikverpackung. Mit einem Blatt Küchenpapier rieb er die Scheibe, bis sie fettfrei war, zog dann den Handschuh aus, verwahrte ihn wieder zusammen mit dem Blatt. Bevor er den Flippo in Tristans Mappe steckte, säuberte er die gesamte Ringmappe. Alle fettigen Fingerabdrücke und Staubpartikel mussten entfernt werden, dafür hatte er Brillenputzflüssigkeit in einem Fläschchen und einen kleinen selbst gebastelten Wischer, abgeguckt von dem Abzieher, mit dem die Putzfrau jeden Monat die Fensterscheiben säuberte.

Tristan würde sich über dieses Exemplar freuen. Vorsichtig schob er es hinter das Sichtfenster, bis der Flippo die Abbildung komplett bedeckte. Zufrieden blätterte er Tristans Mappe durch. Sein Freund war im Begriff, seinen Rückstand aufzuholen, und das war gut, sie durften sich nicht zu weit voneinander wegbewegen.

Er sah auf die Uhr. Es war jetzt wirklich Zeit zu gehen.

Nachdem er seinen Rucksack gepackt hatte, schnappte er sich doch noch rasch Tristans Sammlung. Man konnte nicht wissen, wie schnell so eine Ausweisung erfolgen konnte, womöglich stand die Polizei schon heute Abend mit einem kleinen Bus vor ihrer Tür. Es war besser, die Alben zu früh zu verteilen als zu spät. Außerdem: Die Mappen mitzunehmen verpflichtete ihn zu nichts.

Jimmy hatte sich in den meisten Bereichen an die Abwesenheit seines Vaters gewöhnt, nur beim Weggehen hatte er noch den Reflex, am Büro vorbeizuhuschen und seinem Vater tschüs zu sagen, der dort früher immer gesessen und telefoniert hatte. Jetzt war das Büro abgeschlossen, und er musste durch die Hintertür hinaus, durch das in die Höhe geschossene Gras mit den Brennnesseln. Er wollte noch rasch die beiden Hunde knuddeln, doch die lagen auf dem Schoß seiner Mutter, die im Gartenstuhl eine Zeitschrift las. Er erzählte ihr so leichthin wie möglich, dass er bei den Ibrahimis schlafen würde.

»Sind die nicht schon genug?«, fragte sie.

Jimmy hatte seine Mutter noch nie nein sagen hören, aber wirklich ja sagte sie auch nie, jede Zustimmung kam in Form eines Vorwurfs, weswegen man entweder auf seine Frage verzichtete oder einfach tat, wozu man Lust hatte.

Jimmy griff nach seinem Fahrrad, eilte die Einfahrt hinunter, vorbei an dem dunkelgrünen Schild im Vorgarten.

<small>Versicherungen Sluis – Rundum Schutz</small>

hatte lange Zeit in großen weißen Buchstaben darauf gestanden, im Fokus eines darauf gerichteten Lichtbündels, doch der Spot war kaputtgegangen, und in der Woche, nachdem sein Vater gegangen war, hatte jemand

<small>Rundum Schmutz</small>

daraus gemacht. Jimmy hatte noch versucht, es wegzukriegen, aber das M war mit dunklem Graffiti-Spray darauf gesprüht worden und ließ sich nicht wieder entfernen. Bei allen Wörtern, die später noch hinzugekommen waren – »Betrüger« und »Geld zurück!!« –, hatte er es nicht einmal mehr versucht. Er hatte seine Mutter schon oft gefragt, ob sie das Schild nicht wegnehmen könnten, doch sie war der Meinung, das müsse Jimmys Vater selber tun. Je länger er damit warte, umso mehr Menschen würden die Wahrheit über ihn erfahren.

Jimmy hatte sich schon bald angewöhnt, nach der Schule mit zu Tristan nach Hause zu gehen, um aufzuarbeiten, was sie während des Unterrichts verpasst hatten. Wenn Dinge drankamen, die Tristan nicht sofort verstand, machte Jimmy ein kleines Kreuz neben den betreffenden Lehrstoff oder die Aufgabe. Er sorgte dafür, mindestens fünf Kreuze zusammenzubringen, damit er nach der Schule genug Gründe hatte, Tristan zu begleiten.

Der Empfang bei den Ibrahimis war von Anfang an herzlich gewesen. Lavdi bot ihm jedes Mal ein Erfrischungsgetränk aus einer Zweiliterflasche und einen kleinen Teller mit Hotelkuchen an, und wenn Tristans Eltern ihn begrüßten, legten sie sich dabei die Hände aufs Herz.

Es dauerte ein bisschen, bevor Jimmy alle zehn Familienmitglieder kennengelernt hatte, und dann musste er noch lernen, sich ihre Namen zu merken. Um ihm dabei zu helfen, hatten sich die Kinder nach ein paar Wochen im Zimmer dem Alter nach in einer Reihe aufgestellt. Tristan stand in der Mitte. Jimmy konnte sich die Reihenfolge immer wieder vergegenwärtigen, und um ihr Alter zu wissen, musste er nur zählen. Links von Tristan standen seine drei älteren Schwestern, Lavdi, Svetlana und Jetmira. Rechts von ihm standen seine drei jüngeren Brüder, Naim und die Zwillinge Riad und Defrim. In Tristans Armen: die vor kurzem geborene Paola. Die Kinder waren auf die Schulen der umliegenden Gemeinden verteilt worden. Tristan und Jetmira waren die Einzigen, die in der Schule in Bovenmeer gelandet waren.

Wenn Jimmy Tristan unterrichtete, kamen alle mit dazu, die zu diesem Zeitpunkt zu Hause waren, und setzten sich an den großen Wohnzimmertisch. Sie unterbrachen ihn nie, und Jimmy genoss seinen Platz am Kopf des Tisches, all die großen Augen, die ihn aufmerksam ansahen, die Zeugen, die verfolgten, wie sich die Freundschaft zwischen ihm und Tristan vertiefte.

Abends, nachdem er mit seiner Mutter daheim gegessen hatte, ging seine Arbeit weiter. Er stellte Listen mit Begriffen zusammen, die die Ibrahimis im Alltag benötigten, fügte manchmal Wörter hinzu, die sie benötigten, um *ihn* zu verstehen, und schmuggelte für Tristan die Fachbegriffe für Ehrliche Finder in dessen Wortschatz, wie zum Beispiel die Namen der Looney-Tunes-Figuren, die einen eigenen Flippo hatten. Er dachte sich Denksportaufgaben aus, entwarf Kreuzworträtsel und Rebusse, stellte für jedes Kind persönliche Übungsblätter zusammen, auf die er Abbildungen aus Katalogen und Zeitschriften klebte, mit gepunkteten Linien darunter, auf denen sie die Wörter notieren konnten. Er nahm Texte mit seinem Kassettenrecorder auf, wobei er die Sätze mit Nachdruck aussprach, und lieh der Familie seinen Walkman, damit sie sich die Aufnahmen in seiner Abwesenheit anhören konnten. Er verbesserte alles, was sie zu Papier brachten, und betätigte dafür ausnahmsweise den roten Knopf seines Vierfarbenstifts. Mit den Cheetos-24-Game-Flippos machten sie Zahlenspiele. Tristan war sehr gut im Rechnen, im Kosovo war er darin der Klassenbeste gewesen. Er wollte Richter werden, sagte er, oder Astronaut.

Die Familie war mitten im Schuljahr angekommen, also hatte Tristan die schriftlichen Aufgaben, die die anderen Schüler der dritten Klasse vor den Sommerferien machen mussten, bis nach den Ferien verschieben dürfen. Im zurückliegenden Sommer hatten sie jeden Tag fünfzig neue Wörter geübt. Sie machten lange Radtouren zwischen den Wiesen, wobei sie Wörter wiederholten, die sie ein paar Tage zuvor behandelt hatten. Sie spielten »Tierkette« oder »Ich sehe was, was du nicht siehst«. Jimmy hatte eine ganze Reihe von Übungsaufgaben zusammengestellt, die Tristan mit immer weniger Fehlern löste. Er hatte der Lehrerin sogar einen Brief geschrieben, in dem er mitteilte, wenn Tristan nicht versetzt werden würde, würde er selbst sich weigern, in die vierte Klasse zu gehen – zwingen konnten sie ihn nicht dazu. Tristan hatte schließlich ohne Probleme in die nächste Klasse aufrücken dürfen.

Die schlimmen Einzelheiten über den Krieg und welche schwierigen Dinge Tristan vor seiner Ankunft in Belgien durchgemacht hatte, kamen erst spät und bruchstückhaft heraus. Jimmy hatte ein kleines Buch angelegt, mit dem Titel *Tristans Krieg*, in dem er, möglichst chronologisch, aufschrieb, was er darüber erfuhr. Er versuchte, nicht eigens danach zu angeln, Sensationen wollte er nicht, das passte nicht zu seinem Beruf als Ehrlicher Finder.

Im Dorf machten schockierende Gerüchte darüber die

Runde, was die Familie hatte durchstehen müssen, doch wo diese Geschichten herkamen und ob sie der Wahrheit entsprachen, wusste niemand sicher.

Nur die Tatsachen, die Jimmy von Tristan erfahren hatte oder mit eigenen Augen sah, hatte er notiert: Der Krieg hatte bereits vor zehn Jahren begonnen, als Serben die Fabrik übernahmen, in der Tristans Vater sein ganzes Leben lang gearbeitet hatte, und alle Albaner entließen. Es war ihnen verboten, dem Unterricht in der eigenen Sprache zu folgen, die albanische Nationalhymne zu singen oder die albanische Fahne aufzuziehen. Tristans Mutter hatte, als sie mit Tristan schwanger war, Blutungen bekommen, in einem staatlichen Krankenhaus aber keine Hilfe erfahren, man hatte sie sogar unter Druck gesetzt, eine Abtreibung vornehmen zu lassen, weil keine albanischen Soldaten auf die Welt kommen dürften.

Tristan sprach voller Empörung darüber, als würde er sich noch immer fragen, wo denn die Hilfe bliebe.

Der Name Milošević fiel fast täglich, und dann flackerte stets die größte Wut auf – dieser Mann hatte immer nur mehr und mehr und mehr und mehr haben wollen.

Die Ibrahimis hatten zunächst zwei Monate lang bei den Patern in der Abtei Zandhoven Unterschlupf gefunden. Dort hatten sie alle zusammen in einem Raum geschlafen, obwohl es genügend Zimmer gab. Als sie sich körperlich von ihrer langen Reise erholt hatten, hatte das Sozialamt für sie eine Wohnung gesucht, die groß genug für eine zehnköpfige Familie war. Das Haus von Onkel

Kurt stand schon seit Jahren leer und konnte zu einem angemessenen Preis gemietet werden.

Die Kinder mussten vor Sonnenuntergang im Haus sein, im Winter kamen sie manchmal zu spät in die Schule, weil sie erst losgehen durften, wenn es draußen hell war. Beim Anblick von Leuten in Uniform bekamen sie schreckliche Angst; ein paarmal waren sie geflüchtet, als der Postbote geklingelt hatte.

Tristans Vater hatte Narben von Schnittwunden an Händen und im Gesicht, die er sich zugezogen hatte, als er seine ältesten Töchter gegen Menschenschmuggler hatte beschützen müssen. Tristans Mutter war während der Flucht im siebten Monat schwanger gewesen. Sie hatte im Asylzentrum entbunden und ihrer Tochter den Namen Paola gegeben, aus Dank für die Fürsorge, die sie dort erfahren hatte. Die belgische Königin war darüber informiert worden und hatte einen Dankesbrief geschickt, der eingerahmt an prominenter Stelle auf dem Kaminsims stand.

Tristan sprach meist nicht über ihre eigene Flucht, sondern erzählte Geschichten, die er von anderen Geflüchteten in dem Asylzentrum gehört hatte, in dem sie mehrere Wochen zugebracht hatten. Er erzählte sie Jimmy, als hätten sie ihm selbst zustoßen können, was vielleicht auch so war. Was spielte es schon für eine Rolle, ob die Ibrahimis mit eigenen Augen gesehen hatten, wie Menschen während der Überfahrt über Bord gestoßen wurden, ob sie von Organräubern bedroht worden waren, ob sie auf Pariser U-Bahnhöfen geschlafen hatten, ob sie hatten zuschauen müssen, wie serbische Soldaten den Bauch einer hochschwangeren Frau aufschnitten, den Fötus in einer Pfanne brieten und die übrige Familie zu essen zwangen. Auch den Gruselgeschichten, denen sie selbst entronnen waren, waren sie doch nicht wirklich entronnen, weil ihr Glück auf Kosten des Glücks von anderen gegangen war.

Jetmira, die in der vierten Klasse nur schwer zurechtkam, saß während der Mittagspause oft still da und sah auf die Sachen, die sich rund um ihre Brotdose sammelten, die Babybels und die Schmierkäseecken und Buchstabenkekse, die die Mütter anderer Kinder ihnen »für die kosovarischen Klassenkameraden« in die Brotdosen gesteckt hatten. Manchmal flüchtete sie auf die Toilette, und dann lief Tristan ihr nach, um sie zu trösten. Jimmy seinerseits lief hinter Tristan her, worauf sie schweigend im Toilettenraum warteten, bis »das innere Erdbeben«, wie Jetmira es nannte, vorbei war. Später hatte Tristan ihm erzählt, dass seine Schwester diese Erdbeben daheim auch hatte und dass von Zeit zu Zeit eine Nachbarin, die Krankenschwester war, zu ihnen kam, um darüber zu reden.

Von Tristans Erdbeben wurde Jimmy zum ersten Mal Zeuge bei einer Klassenfahrt ans Meer, kurz vor ihren ersten Sommerferien in Belgien, als Tristan mit einem Schock auf den Anblick der Wellen reagierte. In einigen

Dutzend Metern Entfernung von der Brandung war er stehen geblieben, Arme und Beine mitten in der Bewegung erstarrt, als hätten Diebe seine Gelenke gestohlen. Sekunden später hatte er sich in die Hose gepinkelt.

Jimmy, der mit Tristan und einer Lehrkraft zum Ausgangspunkt am Seedeich zurückkehrte, um ihm die trockene Unterhose aus seinem Extrabeutel zu leihen, sah zu, wie Tristan sich umzog, sein Körper scheinbar viel kleiner als zuvor. Die Tür zu Tristans Vergangenheit stand unbewacht offen, ein kleiner Schubs würde reichen, um einzutreten und in aller Ruhe herumzustöbern, doch etwas hielt Jimmy davon ab. Er musste warten, bis Tristan ihn zum Eintreten einlud.

Jimmy erklärte sich damit einverstanden, den Rest der Woche zusammen mit Tristan im Schlafsaal zu bleiben, mit einem Memory-Spiel mit Bildern vom Meer und einem Stapel Bücher, während der Rest der Klasse Quiz spielte und auf Survivaltraining in die Dünen ging. Die ganze Zeit über blieb er in respektvollem Abstand und doch ganz nah. Er beruhigte Tristan, der beim leisesten Geräusch von Möwen oder wenn Reinigungspersonal in Arbeitskleidung vorbeiging wieder zu zittern anfing, ohne ihn nach schlimmen Erinnerungen zu fragen. Nichts davon hatte er in *Tristans Krieg* aufgeschrieben, das Heft hatte er danach nicht mehr hervorgeholt.

II

Jimmy stellte sein Mountainbike in der Einfahrt ab, beim Brunnen, neben einer Reihe vor sich hin rostender Fahrräder, Buggys und dem Gokart mit den platten Reifen. Geschenke der Nachbarn, überbracht, als sich die Nachricht, die Ibrahimis hätten in ihrer Heimat alles zurücklassen müssen, im Dorf verbreitet hatte. Der Recyclinghof der Gemeinde musste vor eineinhalb Jahren am Rückgang des abgelieferten Sperrmülls gemerkt haben, dass die Leute ihre zum Ausmustern bestimmten Sachen – Matratzen, Elektrogeräte, Bettwäsche, Spielzeug, Bücher, Instrumente, Trampoline, Babysachen, Werkzeug – lieber den Ibrahimis schenkten. Die Nachbarn nebenan, die gesehen hatten, wie sich in dem Vorgarten neben dem ihrigen ein Übermaß an Gaben aufgetürmt hatte, waren zu Hilfe geeilt, um alles in die richtigen Bahnen zu lenken. Sie hatten eine Liste mit den Dingen ausgehängt, die benötigt wurden, und als so gut wie jeder Posten abgehakt war, hatten sie im Namen der Kosovaren ein Schild im Garten aufgestellt:

## Wir haben alles, was wir brauchen, aber trotzdem vielen Dank an alle!

gefolgt von einer eigens angelegten Kontonummer, denn Geld hatte man mit acht Kindern nie genug. Auf dieses Schild hatte niemand etwas Unfreundliches geschrieben.

Trotzdem wurden noch jede Woche Möbel, Säcke mit Bettwäsche und Kartons voller Spielzeug von Leuten deponiert, die von nah und fern gekommen waren und in dem Wunsch, eine gute Tat zu vollbringen, nicht willens waren, ihre Opfergaben wieder mit zurückzunehmen.

Jimmy ging schnurstracks zur Hintertür, vorbei an den Nebengebäuden. Die gehörten alle Kurt, der Miete vom Sozialamt erhielt, solange er das Wohnhaus auf diesem Grundstück der Familie zur Verfügung stellte. Die dahinterliegenden Schuppen benutzte er für sich selbst als Lagerräume und für seinen Gebrauchtwagenhandel. Onkel Kurt (Tristan nannte alle Nachbarn, die ihm halfen, Onkel oder Tante) war schäbig gekleidet und hatte eine gewisse Ähnlichkeit mit Wile E. Coyote auf Flippo 204, fünf Punkte. Aus der Art und Weise, wie Jimmy von Kurt behandelt wurde, leitete er mit ziemlich großer Sicherheit ab, dass sein Vater Kurt noch Geld schuldete. Manchmal, wenn Jimmy auf das Grundstück kam und Kurt am Rande mit Kunden irgendetwas auskungeln sah, machte er sich rasch aus dem Staub aus Angst, Kurt würde auch ihn verhökern, um seinen Verlust zu reduzieren.

Jimmy öffnete das Tor von Klein-Kosovo, wie die Scheune im Dorf genannt wurde.

»Triiis-tan?«

Klein-Kosovo maß von vorn nach hinten etwas mehr als hundert große Schritte, von links nach rechts waren es dreißig. Der Raum hatte einst als Kuhstall gedient, was man noch an den gemauerten Futtertrögen erkennen konnte. Jetzt waren diese dreitausend Quadratmeter mit Sachen vollgestopft, mit denen Kurt ebenfalls handelte: Hochzeitskleider und Anzüge, Djembés und Didgeridoos, Utensilien für Großküchen, demontierte Toilettenschüsseln, Partien abgeschriebenen Bürobedarfs, Stapel Judomatten, alte Registrierkassen, Bowlingbälle und Kegel, ein Billardtisch mit zerrissenem Tuch, kleine Karussellwagen, Jahrmarktspistolen, kartonweise intakte Kreidestifte, ausgestopfte Tiere, Mopeds, eine Meeresboje, Skiausrüstungen, Bahnhofsuhren, eine Schwimmbeckenleiter, Spielautomaten, eine Bierzapfanlage und Kartons voller Kneipenausstattungsgegenstände, ein Sarg, abgeschriebenes chirurgisches Operationsmaterial, meterhohe Stapel Altpapier. Wer diese Scheune betrat, brauchte sich kein Spiel mehr auszudenken. Hier waren er und Tristan Könige gewesen, Bestattungsunternehmer, Jahrmarktsschausteller, Piloten, Barmänner, Journalisten, fünffache Olympiasieger, hier hatten sie Leiche gespielt, waren auf dem Rücken eines Wildschweins geritten, hatten mit Spielzeugpistolen auf Mücken geschossen und lebensrettende Operationen an überreifem Gemüse vorgenommen.

»Tristan?« Jimmy imitierte einen Eulenschrei zum Zeichen, dass die Luft rein war. An einem Tag wie diesem, an dem Pläne geschmiedet werden mussten, gab es keinen anderen Ort, an dem Tristan zu sein hatte. Doch auf Jimmys Lockruf kam keine Antwort.

Das Wohnhaus hatte zwar vorn eine Tür mit Klingel, doch die benutzte niemand. Sogar der Postbote ging hintenrum, tagsüber war die Terrassentür immer weit geöffnet. Auf dem Flur zur Küche standen gut dreißig Paar Schuhe sämtlicher Größen und Sorten aufgereiht – damit schreckten sie garantiert jeden Dieb ab.

Jimmys Blick fiel auf das braune Paar mit der grünen Naht rings um die Sohle, das Tristans Vater als Reinschlüpfschuhe trug und das Jimmys Vater gehört hatte. Seine Mutter hatte sämtliche Kleidung, die sein Vater zurückgelassen hatte, in den Container der Kleiderhilfe getan, und obwohl diese Säcke zu einem Sortierzentrum in Lier gebracht und von dort in der ganzen Gegend verteilt wurden, waren ein paar der Sachen von Jimmys Vater letztendlich doch hier gelandet. Jimmys Vater war immer achtsam mit seinen Schuhen gewesen, er war nie hineingeschlüpft, ohne die Schnürsenkel zu lösen. Jedes Mal, wenn Jimmy die Schuhe hier mit den heruntergetretenen Hacken sah, richtete er die Ränder wieder ordentlich auf.

Lavdi, die in der Küche stand, begrüßte Jimmy bei seinem Eintreten so leise, dass er nicht verstand, ob sie Niederländisch sprach oder Albanisch. Immer hatte sie etwas zu tun. Sie knetete Brot oder machte Käse oder legte letzte

Hand an Gerichte, die Jimmy aus Höflichkeit probierte, wenn sie ihm angeboten wurden. Ihre Spezialität war Gulasch mit Fleisch und Kartoffeln oder *pasulj*, ein Bohnenpüree – Gerichte, die er lieber aussprechen als essen mochte.

Von allen Geschwistern kannte er Lavdi am wenigsten gut. Sie war selten bei seinem Unterricht dabei und beteiligte sich nie an den Sprachspielen, und das war schade, denn sie hatte schon Brüste, ziemlich große sogar. Sie bewegten sich in dem Rhythmus, in dem sie Brot knetete, die ersten Brüste in Jimmys Leben, die er interessiert betrachtete und auch gern mal anfassen würde, um herauszubekommen, ob die Jungs aus der Sechsten es ernst meinten, wenn sie behaupteten, eine Brust sei schwer zu unterscheiden von einem mit Backmehl gefüllten Ballon.

Auf dem Feuer standen die Reste des Mittagessens, eine Pfanne mit dunklem, fasrigem Fleisch unter einer erstarrten gelblichen Fettschicht.

»Hallo«, sagte Jimmy von der geöffneten Wohnzimmertür her. Die Jalousien waren zur Hälfte heruntergelassen, seine Pupillen mussten sich erst an die Dunkelheit gewöhnen. So freigebig das ganze Dorf auch gewesen war, das Mobiliar war altmodisch und dunkel. Schwere Möbel, die dastanden, als würden sie einen gleich bestrafen.

Die Stimmung im Zimmer war düsterer und ernster als sonst. Am Tisch saßen neben Tristan, Jetmira und ihrem Vater auch zwei große Männer mit einem Becher Pulverkaffee vor sich. Es waren die beiden Albaner mit den großen Schnauzbärten, die öfter vorbeikamen und schon vor Jahren mit ihren jeweiligen Familien nach Antwerpen gezogen waren. Sie informierten die Ibrahimis über politische Entwicklungen, halfen beim Papierkram im Zusammenhang mit dem Asylantrag und brachten Neuigkeiten aus der Heimat. Der eine war sogar in die Schweiz gefahren, um Kontakt zu Tristans Tante aufzunehmen, die dorthin geflohen war.

Im Sessel am Fenster saß Tristans Mutter und stillte. An ihrer einen Brust hing Paola, an der anderen nuckelte Defrim, der ungefähr fünf sein musste. Sie hatte einen dicken Bauch und Brüste, die Jimmy, wie er jetzt schon wusste, nicht mitzählen würde, wenn ihn jemals auf dem Schulhof jemand fragen sollte, wie viele Brüste er schon in echt gesehen hatte. Sie reichten ihr bis zur Taille, und ihre Brustwarzen, die wie Deckel aussahen, hatten die gleiche fahlbraune Farbe wie das Kunstleder des Sessels.

Tristan winkte ihm. Jimmy nahm seinen Rucksack ab und setzte sich, das Ding auf dem Schoß, mit an den Tisch. Lavdi kam herbeigeeilt und stellte ein großes Glas vor ihn, das sie mit River Cola füllte. Das Gespräch am Tisch ging erst weiter, nachdem er einen Schluck genommen hatte.

Jimmy hasste es, wenn Besuch da war. Dann verlor Tristan sein Interesse an ihm, und ihm blieb nichts anderes übrig als zu warten, bis Tristan wieder Augen für ihn hatte. Auch heute verstand Jimmy kein Wort von dem, was gesagt wurde, aber er drehte trotzdem den Kopf in die Richtung desjenigen, der gerade sprach, als verfolge er einen Ball, der hin und her geworfen wurde, ohne dass jemand auch ihn mal anspielte. Tristan machte dann und wann eine Bemerkung in seiner Muttersprache, die von allen ignoriert wurde.

In der Mitte des Tisches lag der offizielle Ausweisungsbescheid. Er wurde mit nervösen, argwöhnischen Blicken betrachtet, als könnte er jeden Moment explodieren. Jimmy versuchte, den Text zu lesen. In der linken oberen Ecke stand »Königreich Belgien« und »Ausländerbehörde«.

Er saß gegenüber von Tristan und konnte es nicht lassen, ihn genau anzuschauen, die kleinen Schorfstellen an seinen Händen, die schneeweißen Zähne, die Sprossen auf seiner Haut, die fahl war wie auf einem unterbelichteten Foto, die ovalen Nasenlöcher, die ein wenig gebläht waren, die Härchen darin, an denen Bröckchen klebten, die braunen Augen unter den breiten Brauen. Er prägte sich sämtliche Einzelheiten ein, wie er es beim Gedächtnistraining in der Schule tat, wenn die Lehrerin ein Bild zeigte, das man aus dem Kopf so detailliert wie möglich nachzeichnen musste. Alles konnte man sich nie merken, es kam darauf an, sich auf die richtigen Einzelheiten zu konzentrieren.

Tristan bewegte sich anders als sonst. Das hatte Jimmy schon öfter gesehen: Wenn Tristan Angst hatte, weil Düsenjäger über sie hinwegflogen oder Feuerwerkskörper knallten oder jemand schrie oder wenn er Uniformen sah, wurde er still, alles stockte, als bliebe in seinem Körper zu wenig von ihm übrig, um das Äußere zu steuern. Es konnte lange dauern, bis er wieder ganz präsent war, bis seine Bewegungen wieder in Fluss kamen. Einmal war ein Verkehrspolizist in die Schule gekommen, um in jeder Klasse die Verkehrsregeln für Fußgänger und Radfahrer zu erklären, und da hatte man Tristan vorsichtshalber den ganzen Tag mit Comics ins Büro der Schulleiterin Virginie gesetzt.

Jimmy hatte sich damit abfinden müssen, dass er nur den Tristan-nach-der-Flucht kannte, den Tristan, der nicht wusste, ob er würde bleiben dürfen, und dass sich irgendwo in dem Tristan, den er kennengelernt hatte, ein anderer Tristan versteckte, eine ausführlichere Version, der kosovarische Tristan, der seine eigene Sprache sprach, der zehn Sommer in relativem Frieden auf einem Bauernhof in der Nähe der Berge verbracht hatte, der kein Heimweh nach irgendwas hatte und noch nichts und niemanden hatte zurücklassen müssen. So gerne Jimmy diesen Tristan ebenfalls kennenlernte wollte, kannte er doch nur die äußerste Schicht, die um diesen herumgewachsen war, ein dünner Wachstumsring einer anderen Holzart.

Es klopfte am Terrassenfenster. Johan, der Bibliothekar, kam herein. Johan war groß von Gestalt und trug immer zwei Brillen gleichzeitig.

Er hatte die Familie im vergangenen Jahr mit Lesefutter versorgt. Jeden Freitagabend kam er mit einem Stapel Bücher an, für jedes Alter etwas Geeignetes, und jeden Abend schaute er nach der Arbeit kurz rein, mit *De Standaard* vom selben Tag und mit Kopien sämtlicher Artikel aus dem Zeitungsangebot der Bibliothek, in denen er etwas über den Kosovokrieg hatte finden können. Er legte den Bücherstapel ab, den er mitgebracht hatte, schüttelte den Männern die Hand und nahm am Tisch Platz. Oben auf dem Stapel lag ein dicker Packen gedruckter Flyer, darauf ein Foto von der Familie, aufgenommen im Garten, und darüber die Worte:

Die Kosovaren müssen bleiben!!!!!

Auf dem Foto posierten alle Kinder in einer Reihe, genauso wie sie sich Jimmy vorgestellt hatten. Das Foto hatte auch in der *Gazet van Antwerpen* gestanden, begleitet von einem Artikel über ihre Ankunft.

Diese Flyer müssten im ganzen Dorf verteilt werden, sagte Johan, seine Kinder würden das heute übernehmen, alle Hände halfen.

Johan bewegte sich eilig, er hatte nicht viel Zeit, in den Sommerferien war immer viel los in der Bibliothek, er war während der Mittagspause unter dem Vorwand eines Notfalls rasch weggeschlüpft, aber es war ja tatsächlich einer. Mit Johan sprachen die albanischen Männer Niederländisch, das hörte Jimmy selten bei ihnen. Einer von ihnen übersetzte alles, was Johan sagte, für Tristans Vater.

»Wo ist der Brief, um den es geht?«, fragte Johan. Er

wechselte schon mal die Brille. Die auf dem Kopf durfte auf die Augen, die auf den Augen baumelte jetzt an der Kordel um seinen Hals.

Tristan schoss hoch und reichte den Brief weiter, wie man einen Lumpen weitergeben würde, mit dem gerade etwas Ekliges aufgewischt worden ist.

Alle Blicke richteten sich auf den Bibliothekar, die Luft im Zimmer wurde wieder etwas dünner, als bestünde die Chance, dass sich all dies als Missverständnis erweisen würde.

Jimmy nahm einen ordentlichen Schluck von seiner Cola und noch einen, um seine Nervosität zu unterdrücken. River Cola war süßer als die Cola, die es bei ihm daheim gab. Er sah den Fluss vor sich, einen dunklen, klebrigen Strom, zu dem er Tristan mitnehmen würde und wo Tristan ihm mühelos Schwimmen beibringen würde. Infolge des Zuckergehalts war es unmöglich unterzugehen, man brauchte nichts zu tun, um an der Oberfläche zu bleiben, und in der Mitte dieses Cola-Flusses trieb ein Floß, nicht aus Schaumgummi wie das im Gemeindeschwimmbad, sondern eine rote Saure Matte zum Naschen.

Johan schüttelte den Kopf. »Ja, das steht hier tatsächlich, der Asylantrag ist abgelehnt worden. Alle Familienmitglieder müssen zurück in ihr Herkunftsland, außer Paola, sie ist hier geboren, sie kann die belgische Staatsangehörigkeit erhalten.« Allerdings sei dies nicht die erste Mitteilung. Es sehe so aus, als habe Tristans Vater den ersten Ausweisungsbescheid vor einiger Zeit im Rathaus unterschrieben und als sei die bewilligte Frist für die freiwillige Ausreise fast abgelaufen – sei das richtig? Das würde sich nachteilig für sie auswirken. Die Möglichkeit, Widerspruch einzulegen, sei längst vorbei. Sie stünden kurz vor der zwangsweisen Abschiebung.

Es stimmte, so stellte sich nach einem kurzen Gespräch heraus, bei dem die beiden Schnauzbärte hektisch dolmetschten. Der vorige Bescheid war auf Französisch abgefasst gewesen, Tristans Vater hatte geglaubt, einen Arbeitsvertrag zu unterschreiben.

Johan, der bei diesem Bekenntnis bestimmt dreimal die Brille wechselte, beschloss, dass er sofort zu seinem Schwager radeln würde, der sei Anwalt, ihn könnten sie um Rat fragen.

Wenn Jimmy an diesem Morgen gewusst hätte, dass sie heute noch den besten Rechtsanwalt des Landes bräuchten, dann hätte er der Dame an dem Geldautomaten die Scheine bestimmt nicht zurückgegeben, dann hätte er den Mumm aufgebracht, einfach davonzuradeln.

»Johan, wie viel Stunden oder Tage haben wir denn noch?«, fragte Tristan, während er Blicke mit Jetmira wechselte. Jetmira hatte rote Haare, viele Sommersprossen und ein rundes Gesicht, sie hatte von allen Familienmitgliedern am meisten zugelegt.

Johan sah die Schnauzbärtigen an auf der Suche nach Zustimmung, etwas Beunruhigendes teilen zu dürfen.

»Tristan«, sagte seine Mutter und fuhr auf Albanisch

fort, anscheinend die Bitte, sich nicht in das Gespräch der Erwachsenen einzumischen, denn sie deutete auf Jimmy und dann mit demselben Finger nach draußen.

Das Wetter war wunderbar geworden, durch die Ritzen der Jalousien fiel das Licht in Streifen herein, als würde mit Sonnenstückchen auf sie geschossen.

Jetzt, da sie nicht länger in Hörweite der Erwachsenen waren, traute Jimmy sich zum ersten Mal, wieder etwas zu sagen. »Okay, du hattest also einen Plan? Sag an!«

Er ging Tristan schon mal zur Scheune voraus, mit langen Schritten. Da drinnen konnte niemand sie sehen, und sie hatten dort wirklich alles, sogar Material, von dem sie noch gar nicht wussten, dass sie es brauchen könnten. Sie hatten keine Zeit zu verlieren. Tristan blieb an der Hintertür stehen, als wartete er auf etwas. Jimmy ging zu ihm zurück.

»Wir müssen auf Jetmira warten, die ist schnell noch pinkeln gegangen«, sagte Tristan. Er schaute an Jimmy vorbei zur Tür der Außentoilette.

»Ich hatte übrigens gerade selber noch ein paar Ideen«, sagte Jimmy.

»Unser Plan ist sowieso besser«, ertönte Jetmiras schrille Stimme aus dem WC-Verschlag. Die Spülung ging, der Wasserbehälter rauschte. Jetmira, die bestimmt zwei Köpfe größer war als Jimmy und einen Kopf größer als Tristan, trat heraus. Sie wusch sich nicht die Hände. »Mein Bruder hat es dir vielleicht am Telefon gesagt. Wir haben einen sehr guten Plan, aber den können wir ohne dich nicht ausführen.«

In Jimmys Innerem ging ein kleines Licht an. Sie hatten sich etwas überlegt und ihm dabei eine entscheidende Rolle zugedacht, genauso wie er sich selbst im Bett auch häufig Pläne überlegte, bei denen Tristan unbedingt dabei sein musste. Zum Beispiel bei der feierlichen Zeremonie mit der Flippo-Sammlung, die hatte er bestimmt schon tausendmal im Kopf abgespult, er wusste genau, was er beim Überreichen sagen würde.

»Dann sag mal, was ich tun kann«, sagte er.

»Folge mir, Jimmy!« Jetmira ging den beiden Jungen voraus zur Tür von Klein-Kosovo. Sie riss die Schiebetüren auf, die zu beiden Seiten beinahe aus den Angeln flogen.

Normalerweise hatte Jetmira nicht so viel mit Jimmy am Hut. Sie saß fast immer mit Marita hinten im Garten, einem gleichaltrigen Mädchen aus der Nachbarschaft. Obwohl sie nur zu zweit waren, konnten sie sich so gegenübersitzen, dass sie trotzdem einen geschlossenen Kreis bildeten. Meistens saßen sie da und wickelten Wolle um einen Pappzylinder, um danach Bommel daraus zu machen, während sie die hypothetischen Fragen der anderen beantworteten, wie zum Beispiel welches Tier sie gern wären (Jetmira ein Kondor, hatte Jimmy einmal mitbekommen), was sie später mal werden wollten (Friseuse) und in welchen frittierten Snack sie sich verwandeln wollten (Käsetasche). Dass Jetmira Jimmy jetzt beim Namen ansprach, war das erste Mal, es war schön und zugleich beunruhigend.

Sie gingen zu der Ecke der Scheune, die Tristan und Jimmy sich mit einer alten Tigra-Leuchtreklame, zwei Puffs und einem Klapptisch eingerichtet hatten, der aus einem an der Wand befestigten Toilettendeckel bestand.

»Okay, Tristan, unser Plan.« Jetmira sah ihren Bruder auf eine Weise an, die verriet, dass sie dieses Gespräch im Voraus geübt hatten.

Tristan begann stotternd, traute sich kaum, Jimmy anzuschauen. Jetmira übernahm bald wieder das Ruder: »Wir haben einen Plan, aber der ist nicht ungefährlich. Erst müssen wir testen, ob du nicht zu schwach bist.«

»Genau«, sagte Tristan. »Wir müssen uns sicher sein, dass du das schaffst.« Seine Selbstsicherheit wuchs jetzt, da er Jetmira beipflichten konnte. »Darum haben wir einen Test, den du erst bestehen musst.«

Tests, darin war Jimmy gut.

»Nein, kein Test, eine *Prüfung*«, korrigierte Jetmira ihren Bruder. »Ein Test ist mit deinem Kopf, eine Prüfung mit deinem Körper.«

Ob er darin gut war, das wusste Jimmy nicht. »Was für eine Prüfung?« Jetmira stand die ganze Zeit an Tristans gutem Ohr, wodurch für Jimmy nur noch die schlechte Seite übrig blieb und er etwas lauter sprechen musste, als angenehm war.

Das würden sie ihm gleich sagen. Erst müssten sie alles vorbereiten.

»Sagt, wenn ich was tun kann«, sagte Jimmy. Er sah zu, wie sie Sachen verrückten und eine freie Fläche schufen.

Eigentlich war dies keine Scheune und kein Stall, sondern ein Clubhaus, überlegte er sich. Sie machten Pläne und dachten sich Prüfungen aus, genau wie Clubmitglieder. Und jetzt, mit Jetmira dabei, zählte ihr Club zum ersten Mal drei Mitglieder. Warum hatte er sich das nicht früher klargemacht, dann hätten sie sich einen Namen überlegen und den in eine kleine Metallplatte eingravieren und auf Mützen drucken lassen können, so wie sein Vater das mit seinem Firmennamen getan hatte. Der Papri-Club, das wäre ein guter Clubname, den gab es bestimmt noch nicht. Sie würden ganz viele Dinge machen, aber vor allem würden sie ehrlich sein, sie würden nie pleitegehen und nie mit anderer Leute Geld verschwinden.

»Du kannst deine Badehose schon mal anziehen«, sagte Jetmira.

Jimmy erschrak. »Ich kann nicht schwimmen. Ich bin noch immer in der mitteltiefen Zone.«

»Aber du hast keine Angst vor dem Wasser, oder?«

Er hatte keine Angst vor Wasser in einer Flasche oder vor Regen, aber schon vor Wasser, für das man sich umziehen musste.

»Ich habe keine Badehose dabei.« Trotzdem begann er, in seinem Rucksack zu wühlen, obwohl er genau wusste, dass da keine Badehose drin war.

»Das kriegen wir schon hin. Weißt du, wo unser Kleiderschrank ist?«, fragte Jetmira.

Er nickte.

»Such dir da eine Badehose oder eine Boxershort aus, die dir passt.«

»Okay, aber ich kann nicht schwimmen.«

»Das weiß ich jetzt langsam, Jimmy«, sagte Jetmira.

Jimmy nickte, verließ die Scheune, schlich wieder ins dunkle Wohnhaus. Seinen Rucksack behielt er bei sich, man konnte nie wissen. Die Schnauzbärte waren gegangen, Tristans Eltern waren nirgends zu sehen, die dunklen Möbel standen streng herum. Nur Lavdi werkelte noch immer in der Küche. Ein würziger Geruch lag in der Luft, der woanders stinken würde, aber hier nicht.

Der Kleiderschrank, den Jetmira meinte, war kein richtiger Schrank, sondern ein Zimmer im Erdgeschoss. Man hatte die Tür zu diesem Raum aus den Angeln gehoben, zum Glück, denn sonst bekäme man sie nicht aufgedrückt wegen all der Kleidungsstücke, die sich einen halben Meter hoch auf dem Boden türmten.

Tristan hatte Jimmy mal erklärt, wie das lief: Die Familie bekam die Sachen in großen Plastiksäcken von der Kleiderhilfe oder anderen Organisationen. Manchmal war der Inhalt der Säcke schon vorher nach Größen sortiert worden, häufig jedoch war überhaupt kein System drin, und ein ganzer Sack enthielt nur wenige Teile, die richtig passten. Tristans Mutter versuchte beim Auspacken, für jedes Kind einen Stapel zu machen, doch wenn Tristan morgens noch eine Hose brauchte und keine in seinem

Stapel fand, kippte er einfach einen ganzen neuen Sack aus. Die anderen Kinder machten es genauso, und so entstand zwischen den einzelnen Stapeln ein immer größer werdender chaotischer Haufen.

Jimmy zog seine Schuhe aus und lief über den Klamottenberg. In der Zimmerecke stand ein Klavier, auf dem kleine Türme aus zusammengefalteter Wäsche lagen. In dem höchsten Turm erkannte Jimmy einen grün glänzenden Jogginganzug von Adidas, den er mal an Tristan gesehen hatte. Jimmy probierte die Hose an, aber sie war viel zu weit – zwei Jahre Altersunterschied in Form von Stoff.

Hastig suchte Jimmy weiter. Er hatte nur noch die Unterhose an und wollte nicht, dass Jetmira oder Lavdi ihn so sahen. Er entdeckte eine Badehose, die ihm vielleicht passen würde, versteckte sie aber unter dem Klavierdeckel. Er würde nichts anziehen, was den Eindruck vermitteln könnte, dass er einverstanden wäre zu schwimmen. Er fand dünne knielange Shorts mit Leuchtstickerei an den Nähten, die sich mit einer Kordel auf die richtige Weite zusammenziehen ließ. Um Jetmira nicht mit nacktem Oberkörper unter die Augen treten zu müssen, suchte er auch etwas für oben, ein hellblaues T-Shirt aus Frotteestoff mit lockeren Ärmeln, am Hals hochgeschlossen. Seine eigenen Sachen steckte er in den Rucksack.

Er war höchstens zehn Minuten weg gewesen. Während seiner Abwesenheit hatten sie eine große alte Badewanne, die einst als Tränke für Kühe Dienst getan hatte, zu der freien Fläche geschleift. Jimmy blieb stehen, als er der Wanne ansichtig wurde. Jetmira und Tristan füllten Eimer an dem Wasserhahn in einer Ecke der Scheune, die sie dann in die Wanne kippten. Sie waren so mit dem Hin- und Herschleppen von Wasser beschäftigt, dass sie seine Rückkehr nicht bemerkt hatten. Je länger er dastand und zuschaute, umso schwieriger wurde es, plötzlich aufzutauchen, als sollte er weitspringen, hätte aber keinen Anlauf nehmen können. Erst als er sich vorsichtig umdrehte, um wegzuhuschen, in den Garten, und sich dort kurz auf die Schaukel zu setzen, bemerkte Jetmira ihn.

»He, endlich. Wir sind fast fertig für die Prüfung.«

Jimmy ging zu der Wanne, schaute über den Rand, sie war zur Hälfte gefüllt. »Da muss ich doch wohl nicht rein?«

Jetmira warf Tristan einen schnellen Was-hab-ich-dir-gesagt-Blick zu.

»Was, wenn ich die Prüfung doch nicht machen will?«

»Dann fragen wir Marita«, sagte sie. »Wir haben eine Liste mit drei Namen. Du bist der Erste, den wir gefragt haben.« Sie warf einen prüfenden Blick auf Jimmys Hose, vielleicht war es ihre.

»Du standst ganz oben auf unserer Wünscheliste«, unterstrich Tristan.

»Wunschliste«, verbesserte ihn Jimmy. Wenn er daran dachte, was obenan auf seiner Wunschliste stand, kam er nicht umhin, dies für eine gute Nachricht zu halten. Wenn sie glaubten, dass Marita das könne – Marita, die ebenfalls ihr Schwimmabzeichen für die 25-m-Strecke noch nicht geschafft hatte und, wenn sie ein Tier sein wollte, sich für eine Schnecke entschied, »denn dann brauche ich nirgends mehr pünktlich zu sein« –, dann musste er es auch können.

Bevor sie weitermachen könnten, müssten sie warten, bis ihre Eltern weg seien, sagte Jetmira. Um drei Uhr würde eine Nachbarin kommen und mit ihnen zu ALDI fahren. Sie würde eben mal schauen, ob die Luft schon rein sei.

»Warum dürfen sie nicht in der Nähe sein?«, fragte Jimmy. Tristan überhörte die Frage.

Die Wanne war inzwischen zu zwei Dritteln gefüllt, Tristan lief mit den letzten Eimern hin und her. Dass Jimmy selbst ebenfalls einen Eimer ausleeren durfte, beruhigte ihn etwas.

Tristan setzte sich hin, um zu verschnaufen. Jimmy hockte sich neben ihn.

Jetzt, da sie endlich zu zweit in der Scheune waren, hatte er zum ersten Mal die Gelegenheit, Tristan die Alben zu geben, aber so hatte er es sich nicht vorgestellt. Die Überreichung seiner Sammlung musste zumindest vonstattengehen, wenn er seine eigenen Klamotten trug, nicht diese Mädchensachen und nicht, wenn Jetmira jeden Augenblick wieder reinplatzen konnte.

»Tristan«, tastete er sich vorsichtig vor, »was hältst du davon, wenn wir einen Club aufmachen? Das hier wäre dann unser Clubhaus. Der Papri-Club.«

Tristan nickte abwesend.

Normalerweise waren sie einander völlig ebenbürtig, doch jetzt, wo Jetmira sich eingemischt hatte, war zwischen ihnen plötzlich ein Unterschied entstanden. Jetmira hatte Tristan größer gemacht, während Jimmy nur noch kleiner geworden war.

Jimmy erhob sich, blickte noch einmal über den Wannenrand. Es brauchte nur sehr wenig Wasser, um zu ertrinken.

»Tristan, es ist doch nichts mit dem Kopf unter Wasser?«
Tristan schüttelte den Kopf.
»Tristan, du kennst doch die Notrufnummer, oder?«
»Ja.«
»Einhundert, leicht zu merken. Und es kostet nichts, da anzurufen.«

Er setzte sich neben Tristan auf einen umgedrehten Eimer. Jetzt saßen sie eindeutig im Warteraum zu etwas Schrecklichem.

Vorgestern waren sie noch eifrig mit dem Bau von Guinea Land beschäftigt gewesen, dem Abenteuerpark für die beiden Meerschweinchen der Zwillinge, der aus aneinandergeklebten PVC-Rohren bestand. Das Gewirr aus zersägten Rohren lag in einer Ecke der Scheune. Am liebsten würde er damit weitermachen.

»Wir bauen Guinea Land doch noch fertig, oder?«
»Wenn wir bleiben dürfen, ja.«
»Ihr werdet mir doch nicht weh tun, oder?«, fragte Jimmy leise.

Bevor Tristan antworten konnte, war Jetmira zurück

mit einer Tragetasche, die sie mit geheimnisvoller Miene hochhielt.

»Hast du genug finden können?«, fragte Tristan.

Jetmira zeigte Tristan den Inhalt. Das Einzige, was Jimmy sah, war die Tüte Erbsen, die obenauf lag.

»Ich geh nicht ins Wasser, wenn ihr mir nicht sagt, was ihr vorhabt«, sagte Jimmy.

»Über den Plan können wir dir noch nichts erzählen, du musst erst diese Prüfung machen«, sagte Tristan. Die Prüfung sei einfach, Jimmy solle so lange wie möglich in diesem Wasser hocken. Er dürfe mit dem Kopf draußen bleiben.

Und das sei alles? Er müsse nicht mit Mund oder Augen unter Wasser? Und sie blieben danebenstehen?

Das sei alles. Sie blieben dabei. Das Wasser würden sie noch etwas kälter machen, sobald er drin sei.

»*Easy-peasy*«, sagte Jimmy, ein wenig übermütig vor lauter Erleichterung.

Jetmira gab ihm das Zeichen, dass er beginnen könne.

Jimmy stieg über den Wannenrand, während die beiden zuschauten. Er hockte sich hin.

Er war schon mal in bekleidetem Zustand nass gewesen, aber immer auf dem Fahrrad, während seiner Sammeltouren. Das hier war anders.

Vorsichtig setzte er sich, danach legte er sich hin. Das Wasser kroch in der ersten Sekunde noch ordentlich durch die Kleideröffnungen herein, durch die Hosenbeine, durch Ärmel und Ausschnitt, doch gleich darauf drang es überall durch den Stoff, als hätte das allererste Wasser, das sich hineingeschlichen hatte, den Weg frei gemacht für den Rest.

Jimmy war jetzt ganz unter Wasser, außer mit dem Kopf, den er so ängstlich über Wasser hielt, dass er sofort einen Krampf im Nacken bekam.

Jetmira beugte sich über den Rand. »Okay, jetzt muss die Temperatur noch etwas runter. Bist du bereit? Das hier kommt jetzt noch dazu.«

Sie warf verschiedene Tüten mit Tiefkühlgemüse schwungvoll in die Wanne. Erbsen, Bohnen, Zwiebeln – alles, was sie im Gefrierschrank gefunden hatte. Danach noch Rotkohl, Kerbel, Pommes. Mit jeder Tüte stieg der Wasserpegel, und Jimmy musste eine andere Position einnehmen, damit sein Gesicht außerhalb des Wassers blieb. Weil auch Tristan einfach weiterhin Tiefkühlprodukte hineinwarf, traute Jimmy sich nicht zu sagen, jetzt wäre es aber kalt genug.

Jetmira steckte die Hand ins Wasser. »Ab jetzt fangen wir an zu zählen. Du musst so lange drinbleiben wie möglich.«

»Zählt ihr in Sekunden oder in Minuten?«, fragte Jimmy zähneklappernd.

»In Minuten«, sagte sie.

Er konnte jetzt nicht jammern, dass ihm kalt sei, sie hatten Nächte in den Bergen zugebracht, sie hatten stundenlang durchnässt in einem kleinen Boot auf dem Meer gedümpelt.

War das ihr Plan für morgen, die Leute, die den Ausweisungsbescheid geschickt hatten, dazu aufzufordern, sich in diese Wanne zu legen, so dass sie am eigenen Leibe spüren konnten, welche Kälte die Ibrahimis durchgestanden hatten, um hierherzukommen? So dass sie das begreifen würden?

Jimmy bewegte seine Hand, um eine Tüte, die zu dicht an seine nackte Haut kam, wegzuschubsen. Er hätte eine Schmerztablette nehmen sollen, denn Kälte war eine Art von Schmerz, Schmerz, der den Weg noch nicht kannte. Er schloss die Augen und ging in Gedanken seine Sammlung durch, versuchte aufzuzählen, was ihm noch fehlte. Die Aufzählungen, die ihm normalerweise Ruhe schenkten, machten ihn nur noch nervöser, denn sie schienen weit weg zu sein, hinter Glas.

»Geht's noch?«, fragte Tristan und beugte sich über den Rand. »Jetzt bist du Gulasch.«

Es war heute das erste Mal, dass Jimmy Tristan lächeln sah.

»Ihr solltet das Gemüse hier hinterher besser nicht wieder einfrieren«, sagte Jimmy. Das hatte ihm sein Vater beim Kochen beigebracht, das konnte gefährlich sein.

Jimmy durfte jetzt nicht an seinen Vater in der Kochschürze denken. Wenn er dieses Bild vor sich sah, wurde er schlaff und durchlässig und konnte wegen jeder Kleinigkeit heulen. Wenn er jetzt schlaff und durchlässig wurde, liefe das Wasser geradewegs durch seine Haut in die Organe, und dann wäre es aus und vorbei mit ihm.

Tristan sagte etwas zu Jetmira. Sie berieten sich in ernstem Ton in ihrer Sprache. Auch wenn Jimmy seinen Namen nicht hörte, war er sich sicher, es ging um ihn.

»Was sagt ihr?«, fragte er.

»Wir fragen uns, ob du noch richtig atmest. Hast du auch keine Schmerzen in deinem Herz oder in der Lunge?«

Jimmy legte seine Hand aufs Herz und auf die Lunge, um herauszufinden, wie es denen ging, aber er spürte seinen Körper überhaupt nicht mehr, er spürte nichts an der Hand und auch nichts an der Brust. Es wäre durchaus möglich, dass sein Pimmel sich von ihm gelöst hatte, aus dem Bein seiner Shorts zum Vorschein kam und jetzt in der Wanne dümpelte.

»Wie lange noch, bis ich die Prüfung bestanden habe?« Er hatte die Idee, dass sie sich eine Zeit gesetzt hatten, denn sie schauten immer wieder auf die Uhr, immer öfter, als ginge es jetzt um die Wurst.

Jimmy versuchte, die Kälte als Treppe zu sehen, die er bewältigen musste, die Treppe zum Matratzenzimmer im oberen Stock, noch eine Stufe und noch eine Stufe, eine schaffte er noch, am Ende würde er sich hinlegen können, zwischen die warmen Körper von Lavdi und Tristan.

»Du bist jetzt bei fünfzehn Minuten«, sagte Jetmira mit nicht zu verhehlender Erleichterung in der Stimme. Das musste die Mindestzeit sein, die sie festgelegt hatten, aber ganz sicher war Jimmy sich nicht, daher blieb er noch zehn weitere Sekunden liegen.

»War das lange genug?«, fragte er. »Habe ich bestanden?«

»Ja, du hast bestanden, Jim«, sagte Tristan. Dann fing er an, mit Jetmira in seiner eigenen Sprache zu diskutieren.

Jimmy kletterte sofort aus der Wanne. Um nicht aus dem Gleichgewicht zu geraten, musste er sich an Tristans Arm festhalten, dessen Haut herrlich warm war – am liebsten würde er ihn nie mehr loslassen.

Hinter einer Wand aus aufgestapelten Bananenkartons zog Jimmy sich um. Es war schwierig, mit seinen gefrorenen Fingern bekam er die Kordel an den Shorts kaum auf.

»Bringt ihr mir ein Handtuch?«, fragte er.

Nackt hörte er zu, wie Jetmira und Tristan aufräumten, einer von ihnen brachte die Gemüsetüten wieder ins Haus, der andere sorgte dafür, dass Jimmys nasse Klamotten verschwanden. Keiner brachte ein Handtuch. Mit seinen steifen Fingern fummelte er ganz vorsichtig den Reißverschluss an seinem Rucksack auf, auf gar keinen Fall durfte ein Wassertropfen auf einem der Alben landen – er hätte sie in Plastik einwickeln sollen.

Er brauchte gut und gerne eine Viertelstunde dafür, seine eigenen Klamotten wieder anzuziehen.

Als er damit fertig war, ging er hinaus ins Sonnenlicht. Die Wärme war merkwürdig. Sowohl die Augen als auch die Poren zogen sich in dem grellen Licht zusammen. Tristan stand neben Jetmira hinten im Garten. Sie vergruben Jimmys nasse Kleider. Sie schwiegen, als Jimmy sich bibbernd zu ihnen stellte.

»Was macht ihr da? Wie sieht der Plan jetzt eigentlich aus?«

»Wir müssen alle Spuren vernichtigen. Morgen erzählen wir dir den Rest. Erst musst du hier schlafen«, sagte Tristan streng.

»Es heißt ›vernichten‹«, sagte Jimmy zähneklappernd, »nicht ›vernichtigen‹.«

Nun übernahm Jetmira. »Der zweite Teil der Prüfung fängt jetzt an. Wir müssen wissen, ob du ein Geheimnis für dich behalten kannst. Du darfst nichts von diesen Prüfungen erzählen, niemandem. Und du darfst uns keine einzige Frage mehr zu dem Plan stellen.«

»Bis wann?«, fragte Jimmy.

»Bis morgen um neun. Dann hast du bestanden, dann führen wir den Plan aus.«

Jimmy nickte. »Und wann beginnt diese Prüfung?«

»Jetzt.«

# III

Jetmira war ins Haus gerufen worden, um den Eltern beim Auspacken der Einkäufe zu helfen. Tristan und Jimmy blieben hinten im Garten, neben dem Häufchen frisch umgewühltem Sand.

Noch bevor Jimmy darüber nachdenken konnte, ob diese Kulisse gut genug für die Überreichung der Alben in seinem Rucksack war, kehrte Jetmira schon wieder zurück, mit dem ernsthaften, gezielten Schritt eines Menschen, der eine Botschaft zu überbringen hatte. Ihre Mutter wollte trotz der schlechten Nachricht zu Ehren ihres Übernachtungsgastes etwas Leckeres kochen, und daher sollte Tristan Kartoffeln und Zwiebeln ernten und die reifen Paprika pflücken. Und könnten sie sich, wenn sie damit fertig waren, auch noch an das Unkraut in den Gewächshäusern machen?

Unkraut jäten, das mochte Jimmy. Er war daran gewöhnt, zusammen mit Tristan im Gemüsegarten zu sein. Alle Ibrahimis über acht mussten mittwochs und in den Ferien täglich eine Stunde im Garten arbeiten, bevor sie zu Spielkameraden und Sportterminen ausfliegen durften; wenn ein Freund ihnen dabei half, wurde die obligatorische Zeit durch zwei geteilt. Normalerweise verbanden Jimmy und Tristan das Unkrautjäten mit dem Vokabelüben; dann überlegte Jimmy sich schwierige Wörter, für die Tristan ein Synonym finden musste. Oder er erzählte Tristan alles Wissenswerte aus dem geschichtlichen Bereich in seinen Flippomappen, um ihn ganz nebenbei zu einem gut informierten Sammler auszubilden.

Jimmy folgte Tristan zum Gewächshaus. Die Sonne stand bereits etwas tiefer, wodurch die Schatten der Tomaten allmählich die Form von Auberginen annahmen und die Schatten der Auberginen langsam wie Gurken aussahen.

»Mach du das Unkraut, dann übernehm ich das Pflücken und Gießen«, sagte Tristan.

Sie arbeiteten schweigend. Jimmys Unterhose war noch immer nass, wenn er sich vorbeugte, fühlte es sich noch unangenehmer an. Die Erde war trocken, das Unkraut ging mühelos raus. Jetzt, wo sie zu zweit waren, wurden er und Tristan wieder zu Ebenbürtigen, passte er wieder wie von selbst in Tristan und Tristan in ihn. Trotzdem hatte Synonyme üben sich noch nie so albern angehört wie heute.

»Hast du schon mal Schnecken gegessen?« Tristan stellte den Eimer ab, in dem er das geerntete Gemüse gesammelt hatte.

»Nein«, sagte Jimmy. Dass Tristan schon welche gegessen hatte, vermutete er glatt. Auf ihrer Flucht durch die Berge hatten sie ihren Hunger mit allem stillen müssen, was sie nur hatten finden können.

Tristan folgte einer Schleimspur, hob eine Schnecke vom Boden, riss ihr das Häuschen ab. »Da, probier mal.«

Er legte das schleimige wurmähnliche Ding auf Jimmys gespreizte Hand.

Gehörte das auch zu der Prüfung? Jimmy hob seine Hand und betrachtete die Schnecke ganz aus der Nähe, die ledrige Haut, die sich vor und zurück bewegenden Fühler, die Sandkörner, die an dem Tier klebten. Unmöglich, es über die Lippen zu bringen.

Tristan führte Jimmys Hand zu dessen Mund.

Natürlich würde das Verzehren dieser Schnecke ihn Tristan nicht näherbringen, doch eine Weigerung würde sie bestimmt auseinandertreiben. Er schob sich das Tier in den Mund, kaute ein paarmal kräftig. Es war zäher als erwartet, und er meinte zu spüren, dass die Seele sich nicht sofort löste. Der Sand knirschte, der Geschmack erinnerte an Champignons.

Er würde nicht würgen, das musste er schaffen. Jimmy dachte an Dinge, im Vergleich zu denen dieser kleine Bissen nichts war, zum Beispiel ganz lange in eiskaltem Wasser zu liegen, das hatte er schließlich auch geschafft. Wenn man die Enttäuschung über seinen Vater, der nie angerufen hatte, um sich nach seinen Noten zu erkundigen, zu einem Bissen von der Größe einer Schnecke einkochen ließe, dann wäre der zäher als dies hier.

»Nicht schlecht, was«, sagte Tristan, als Jimmy alles runtergeschluckt hatte.

»Nein.« Er versuchte, nicht zu munter zu klingen, denn auf eine zweite war er nicht scharf.

Eine halbe Stunde später war das Unkraut aus den Gewächshäusern entfernt und der ganze Gemüsegarten gewässert. Tristan und Jimmy schlenderten über das lange Rasenstück, vorbei an der Schaukel und der Rutschbahn. Sie kickten eine abgefallene unreife Tomate vor sich her, die immer mehr Risse bekam. Jimmy versuchte, seine Zunge möglichst ruhig zu halten, denn sobald sie seinen Gaumen berührte, flackerte der Champignongeschmack wieder auf, und er musste würgen. Sie gingen in die Scheune.

»Ich habe eine wichtige Überraschung für dich mitgebracht«, sagte Jimmy, noch bevor sie sich setzten. Er erschrak selbst darüber, dass er diesen Moment dafür gewählt hatte.

»Für mich? Warum?«

»Wollen wir Paprimansch machen, und ich überreiche es dann?«

»Ja, gut«, sagte Tristan. Seine Haltung hatte sofort etwas Leichteres an sich.

Sie bereiteten alles vor. Sie klappten den Toilettendeckeltisch herunter und schoben die Hocker daran. Unter einem Bettuch zog Tristan die Holzkiste hervor, die alle benötigten Dinge enthielt: einen Miniwasserkocher, den sie zwischen Kurts Sachen gefunden hatten, Löffel, Stoffservietten, zusammengerollt in Holzringen, in die sie J. S. und T. I. geritzt hatten, sowie zwei Schälchen, die mit denselben Initialen bemalt waren.

Jimmy angelte die Tüte mit den erst heute durchsuchten Chips aus seinem Rucksack. Er versuchte, alles sorgfältig zu machen, auch wenn er den Schneckennachgeschmack so schnell wie möglich loswerden wollte.

Paprimansch war und blieb eine der besten Erfindungen der Welt. Nach jeder nachschulischen Unterrichtsstunde im vergangenen Jahr hatten sie diesen köstlichen Snack gemeinsam zubereitet. Paprimansch existierte schon genauso lange wie ihre Freundschaft und war genauso wichtig wie sie.

Jimmy hatte das Gericht erfunden, kurz bevor Tristan im Dorf angekommen war, und nachdem er Vertrauen zu Tristan gefasst hatte, hatte er es ihm ebenfalls vorgesetzt, als erstem Tester. Anfangs hatte Jimmy Tristan weisgemacht, dass Paprimansch eine lokale Spezialität sei, weil er dachte, das täte dem Geschmackserleben gut, doch noch am selben Abend im Bett hatte er es bereut, weil Tristan es unbesehen geglaubt hatte, so wie er in jenen ersten Tagen alles unbesehen glaubte. Jimmy hatte am Tag darauf eingestanden, dass dies eine Lüge gewesen war, dass es kein Gericht aus der Gegend war und dass Tristan sich, wenn er wolle, einen ehrlicheren Freund im Dorf suchen dürfe, es gebe noch viele Kandidaten, doch Tristan sagte, es sei nicht schlimm. Besser noch: Er fand, es sei ein gutes Kraftfutter. Sie müssten es an ihre Soldaten verteilen, meinte er, dann würden sie den Krieg sofort gewinnen.

Paprimansch bestand aus einem Teil Wasser und zwei Teilen »Krümelkram« – das waren mit einem eigens dafür entworfenen kleinen Stößel in einer Frischhaltetüte zu kleinen Splittern zermalmte Chipsstückchen, der Beifang jedes Sammlers. Das war Tristans Aufgabe, das Zerkleinern der Stückchen, während Jimmy sich um die Wassertemperatur kümmerte. Sie hatten im zurückliegenden Jahr viele Mischungsverhältnisse und Geschmacksrichtungen ausprobiert, doch der leckerste Mansch war der aus Paprikachips, vermengt mit warmem, aber nicht kochendem Wasser, dann wurde das Ganze weicher. Durchrühren, kurz ziehen lassen, wieder durchrühren. Während des Mischens machte Jimmy mit dem Löffel elegante, anmutige Bewegungen, die er einem Fernsehkoch abgeschaut hatte. Die Heimlichkeit, die auch, die war vielleicht die wichtigste Zutat, Paprimansch musste – wie jetzt – außer Sichtweite anderer zubereitet werden, hinten in der Scheune, und sie mussten es schnell, aber in kleinen Portionen löffeln, als stünden Leibesstrafen darauf, falls jemand sie dabei ertappen würde.

Sie aßen wie immer Seite an Seite, in ungefähr demselben Tempo, aus den Porzellanschälchen, die Jimmy aus dem zwölfteiligen Hochzeitsservice seiner Eltern entliehen hatte. Der Mansch schmeckte genau so, wie er schmecken musste, und heute sogar noch leckerer als normal, denn es war vielleicht wirklich das letzte Mal.

Jimmy hatte mit Tristan gelegentlich Träume geschmiedet, in denen sie gemeinsam ein Restaurant eröffneten, in dem ausschließlich Mansch serviert werden würde, in handlichen Mitnehmportionen. Kunden konnten sich ihre Mischung selbst zusammenstellen, mit Milch oder Wasser oder Obstsaft als Grundlage, und dann eine Chipssorte nach Wahl (Grills oder Cheetos, davon hatte er inzwischen ganz viel Krümelkram gesammelt). Für eine Mischung verschiedener Geschmacksrichtungen bezahlte man fünf Francs mehr, sie würden jede Woche eine Empfehlung der Küche wählen (immer den traditionellen Paprimansch). In Klein-Kosovo hatten sie bereits die notwendige Ausstattung: eine alte Kasse, Pommesschälchen aus Plastik, eine Theke, Poster, auf denen sie Preislisten notieren konnten. Die kleine Kapelle auf der anderen Straßenseite konnten sie als Verkaufsort benutzen, dort kam ja doch niemand zum Beten hin, und es gab aus irgendeinem Grund eine Steckdose, was praktisch für den Wasserkocher war.

»Wart hier«, sagte Jimmy, als sie mit dem Mansch fertig waren. Er verschwand mit seinem Rucksack und versteckte sich hinter dem Billardtisch. Dort band er sich in Hockstellung seine gelbe Satinkrawatte um, die er aus der Vordertasche des Rucksacks genommen hatte. Mit den aufgeklappten Alben trat er wieder hervor.

»Das ist meine Simultansammlung, für dich angelegt!«, rief er. »Wenn du versprichst, dich gut um sie zu kümmern, dann darfst du sie behalten.«

Er wartete einen Moment, um zu messen, wie groß Tristans Begeisterung war, bevor er aus dem Rucksack auch die zweite Krawatte hervorzog, eine knallrote. Er wollte sicher sein, dass Tristan wusste, wie viel das alles bedeutete, wie viele Stunden zwischen diesen beiden Pappdeckeln steckten, was der tatsächliche Geldwert dieser Auszeichnung war und dass er ihn nicht auslachte.

Tristan blickte mit großen Augen auf das Album. »Wow«, sagte er. »Da hast du bestimmt sehr lange für gesammelt.«

Erst jetzt band der strahlende Jimmy Tristan die knallrote Krawatte um – schon vor Monaten hatte er sie aus dem Sack geangelt, in dem die für die Kleiderhilfe bestimmten Sachen seines Vaters waren. »Jetzt bist du auch ein echter Sammler.«

Tristan wusste nicht recht, was er von der Krawatte halten sollte, so ein Strick um den Hals war am Anfang immer etwas gewöhnungsbedürftig. Trotzdem versuchte Jimmy, unbeirrt weiterzumachen, die ganze Einleitung so vorzutragen, wie sie in seinem Kopf saß. Diese Sammlung verdiene Tristan, sein allerbester Freund, auf den er so stolz sei, weil er ihre Sprache habe sprechen gelernt. Dass das Publikum fehlte, vor dem er diese Rede im Kopf geübt hatte, war nicht schlimm.

Jimmy blätterte erst durch die eine Mappe, zählte auf,

was Tristan jetzt alles besaß und worin für einen Sammler die Fallstricke bestanden. Erst danach zeigte er ihm die Mappe mit den seltenen Exemplaren. Er zeigte ihm auch, wie man mit dem richtigen Material die Fettfinger von den Sichtfenstern putzen konnte.

Endlich würde Tristan sich ein Bild davon machen können, wie Jimmy die Vormittage genutzt hatte, die Tristan schwimmend verbracht hatte. Tristan schien beeindruckt, er bedankte sich bestimmt fünfmal. »Und du willst diese Mappen morgen nicht mitnehmen, wenn du wieder nach Hause gehst?«

»Nein«, sagte Jimmy. »Aber sie dürfen jederzeit zu meinen Mappen zu Besuch kommen.«

Jimmy schaute mehrmals zur Seite, um zu sehen, welche Form ihre Schatten jetzt hatten, da sie beide eine Krawatte trugen. Tatsächlich, sie waren riesig geworden.

»Kollege«, sagte Jimmy, er stellte sich vor Tristan und zog dessen Krawattenknoten etwas lockerer und dann wieder etwas fester. »Wenn wir unsere Krawatte tragen, müssen wir uns gegenseitig ehrlich über alles informieren. Das gehört schließlich zu unserem Beruf, oder?«

Er wartete, Tristan reagierte weder mit Zustimmung noch mit Protest.

»Ja, das gehört dazu, das steht in unserem geheimen Handbuch, Sammler müssen nicht nur achtsam, sondern auch ehrlich sein«, ergänzte Jimmy weiter. »Angenommen, ich hätte einen Plan, dann müsste ich dir jetzt alles darüber erzählen.«

Jetzt, wo Tristan wusste, dass Jimmy außer einem Talent für Sprache und Rechnen auch noch eins fürs Sammeln hatte, würde er seinen Plan möglicherweise noch abändern wollen. »Ich kann leicht sehr schnell sehr viele Leute zusammentrommeln, zum Beispiel für einen Fackelzug, oder ich wäre genau der Richtige, um eine Petition in Gang zu bringen, wir können uns auf den ALDI-Parkplatz stellen. Und durch diese Prüfung wisst ihr jetzt auch sicher, dass ich Nässe und Kälte ertrage, schlechtes Wetter wird mich nicht abschrecken!«

Tristan sah ihn noch ausdrucksloser an. Er konnte wahrscheinlich jeden Moment seine Krawatte ausziehen und Jetmira rufen, es war noch nicht zu spät, Marita konnte heute noch die Kälteprüfung machen. »Jetmira hat Angst, wenn ich es dir erzähle, dass du dann nicht mitmachen willst. Je später du es weißt, umso besser«, sagte er plötzlich, im Flüsterton.

»Warum ist das besser?«

»Dann hast du weniger Zeit, um darüber nachzudenken oder wegzulaufen.«

Tristan erhob sich, drehte die Krawatte auf den Rücken, so dass die losen Enden nicht im Weg hingen, ging jetzt auch zum Billardtisch, sank auf die Knie bei dem Schlitz, in dem das Dreieck verwahrt wurde, und zog eine Pappmappe hervor. Er hielt sie Jimmy vor die Nase.

»Da, schau, aber du musst versprechen, dass du uns nicht im Stich lässt.«

Jimmy versprach es, ohne nachzudenken. Tristan reichte ihm die Mappe. Darin lagen zwei Auslandsseiten von *De Standaard*, herausgerissen und in der Mitte gefaltet. Jimmy faltete sie auseinander, es waren mehrere Artikel, ihm war nicht auf Anhieb klar, um welchen Bericht es ging. Tristan drehte die Zeitung in Jimmys Händen um und tippte auf den richtigen Artikel – ein kurzer Text, ohne Foto: Ein Asylsuchender in Deutschland hatte einen terroristischen Anschlag auf einen Zug vereitelt, war dabei selbst lebensgefährlich verletzt worden und hatte nach seiner Genesung ein Asylangebot bekommen.

Jetzt, da Jimmy wusste, wonach er schauen musste, sah er auf der anderen ausgerissenen Seite den richtigen Artikel sofort, diesmal mit Foto: ein ausgebranntes Gebäude, vor dem ein Mann mit einem Blumenstrauß posierte. Der Algerier war über Balkone bis ins vierte Stockwerk des brennenden Gebäudes geklettert, um ein Kind zu retten, und war mit dem Kleinen am Hals unter lautem Applaus der Umstehenden wieder nach unten geklettert. Die Stadt hatte ihm, seiner Frau und seinem Sohn prompt die französische Staatsbürgerschaft verliehen.

Mit glühenden Augen sah Tristan Jimmy an. »Das ist unser Plan. Eine Heldentat. Ich werde jemanden retten, so dass ich ein Nationalheld werde und vom König eine Ehrenmedaille bekomme und eine Urkunde und die Staatsbürgerschaft.« Die schwierigsten Wörter sprach Tristan mit falscher Betonung aus. Er stellte sich aufrecht in Positur, eine Hand auf der Brust, als fände die Zeremonie schon jetzt statt und er könne jeden Moment die Auszeichnung angesteckt bekommen. Die Krawatte baumelte zwischen seinen Schultern, ein mickriger Superheldenumhang.

Jimmy nickte. »Und ich? Willst du, dass ich mir Gedanken über die Art der Heldentat mache? Bekomme ich auch eine Aufgabe?«

Hinter ihnen knarzte das Scheunentor.

»Tristan?!« Jetmira trat ein. »Kommt ihr zum Essen?«

Rasch entriss Tristan Jimmy die Seiten. Mit den Fingern machte er die Mund-zu-wie-ein-Reißverschluss-Gebärde.

Jimmy fuhr mit dem Löffel durch seinen Gulasch, der die frisch geernteten Kartoffeln, Zwiebeln und Paprika enthielt, förderte das Huhn zutage und ließ es wieder sinken. Würden sie ihn bitten, ein Haus anzuzünden? Würden sie ihm morgen einen selbst gebastelten Bombengürtel umlegen und ihn während der Frühmesse um sieben in die Kirche schicken? Oder nein, Jimmys Vater – vielleicht drehte sich der Plan um ihn; vielleicht wollte Tristan ihn aufspüren, mit Jimmy als Köder, um so den Betrogenen im Dorf ihr Geld zurückzugeben?

Die Ibrahimis aßen drinnen am dunklen Holztisch. Jimmy hatten sie ans Kopfende gesetzt. Er hatte seine Krawatte vor dem Essen weggesteckt und Tristan aufgefordert, das Gleiche zu tun. Die Familie war zum ersten Mal seit dem Ausweisungsbescheid von heute Morgen vollzählig, und dennoch drehte sich das Gespräch nicht darum. Die Kinder erzählten eines nach dem anderen, was sie an diesem Tag gemacht hatten, mit wem sie zusammen gewesen waren. Ihre Mutter forderte sie auf, das auf Niederländisch zu tun, damit Jimmy sie auch verstand. In den Schweigepausen, die dazwischen eintraten, schlummerte das Bewusstsein, dass alle diese Hobbys und Freundschaften ein jähes Ende haben konnten.

Jetmira sagte nichts von den Prüfungen. Zum Glück wurden Jimmy keine Fragen gestellt, sonst würde er sich womöglich noch verplappern.

Lavdi und ihre Mutter hatten sich in der Küche ins Zeug gelegt. Neben den Gulasch bekam jeder auf seinen Teller ein großes Stück Blätterteigtorte, in der Spinat und Käse verarbeitet waren. Es tat Jimmy leid, dass sein Magen mit Mansch schon so voll war.

Tristans Vater war in einem Schweigen versunken, das abgrundtief schien. Jimmy traute sich nie, ihn lange anzusehen, um ihm nicht den Eindruck zu vermitteln, er würde auf die Narbe in seinem Gesicht starren. Tristan hatte ihm erzählt, dass sein Vater im Kosovo ein anderer Mensch gewesen sei, so als wäre nur ein Teil von ihm hierhergeflohen. In Belgien war er wegen der Sprachkluft bei so vielen Dingen auf seine Kinder angewiesen, dass er sie auch bei einfachen Handlungen immer öfter um Hilfe bat, die nichts mit Sprache zu tun hatten und die er im Kosovo einfach selbst gemacht hätte, wie zum Beispiel Kaffee kochen oder Hühner schlachten.

Nach dem Essen spielten sie Königsball draußen auf dem Hof, alle Kinder zusammen, danach ließen sie sich auf dem Teppich im Wohnzimmer für eine Runde Pictionary nieder. Zum ersten Mal machte Tristans Mutter mit, von ihrem Sessel aus. Zum großen Spaß der Kinder hatte sie ein Schaf gemalt, aber nicht irgendeins, sondern das Familienschaf, das sie im Kosovo zurückgelassen hatten, Re, was albanisch war für Wolke. »Re!«, riefen die Kinder durcheinander. Eines von ihnen begann zu schluchzen, wurde aber sofort getröstet. Danach ging die Raterei vor allem auf Albanisch weiter, woraufhin sie sich bei Jimmy entschuldigten und die Wörter ins Niederländische übersetzten.

So fühlt sich das also an, dachte Jimmy, Teil einer großen Familie zu sein. Die Ibrahimis waren eine komplette Sammlung für sich. Plötzlich konnte er sich vorstellen, weshalb manche Menschen sich nicht für das Füllen von Mappen interessierten.

Gezeichnet wurden eine Gießkanne, eine Schule, ein Postbote, die Lehrerin und eine Zahnbürste. Jimmy erriet keine einzige Zeichnung als Erster, er war auch nicht ganz bei der Sache, und als er selbst an der Reihe war, hatte er so große Angst, er könnte etwas zeichnen, womit er Jetmiras und Tristans Plan verraten würde, dass er den Schrank ihm gegenüber abmalte – niemand erriet es.

Er konnte es kaum erwarten, bis es Schlafenszeit war, bis der Moment kam, in dem Tristan und er nach oben geschickt würden, ins Matratzenzimmer, wo sie zu zweit

Kunststücke vollführen, sich gegenseitig Witze erzählen und mit ihren Händen und Füßen Schattentheater auf der Zimmerdecke spielen konnten. Kopfstand an der Wand konnte Jimmy schon, heute Abend würde er beweisen, dass er es auch ohne Wand konnte. Sie konnten vielleicht vorschlagen, gleichzeitig mit den Kleinsten ins Bett zu gehen, dann hätten sie noch mehr Zeit zum Balgen und außerdem Publikum für ihr Theaterstück.

Es begann zu dämmern.

Plötzlich wurde das grelle Licht im Zimmer angeknipst, und es wurde unmöglich, den dunklen Garten hinter den spiegelnden Scheiben zu sehen. Tristans Vater schloss die Türen nach draußen und ließ die Rollläden herunter. Etwas Schreckhaftes legte sich auf die ganze Familie, als würde mit dem Abschließen des Hauses etwas Furchtbares in ihrer Mitte eingeschlossen. Die Kleinsten, die noch immer nicht nach oben geschickt worden waren, schmiegten sich enger an die älteren Schwestern. Wer auf die Toilette musste, wurde von Tristans Vater begleitet, keiner verließ den Raum mehr allein. Auch Tristan wurde stiller und abhängiger, er glich in nichts mehr dem Jungen, der ihn erst vor wenigen Stunden eine Schnecke hatte essen lassen. Zwischen Jetmira und ihren Eltern wurde ein bedrücktes Gespräch auf Albanisch geführt, von dem Jimmy, ohne dass er seinen Namen hörte, doch das Gefühl hatte, es ginge um ihn, weil sie mit einem ausgleichenden Lächeln in seine Richtung blickten.

Die Zähne wurden in Zweier- oder Dreiergrüppchen

geputzt, Hand in Hand legten die Kinder den Weg durch die Küche, wo die Reste des Abendessens zum Abkühlen noch auf dem Herd standen, zum Anbau hinten zurück, wo sich der Waschplatz und das Badezimmer befanden. Tristan ging als Letzter, zusammen mit Jimmy. Für einen Moment dachte Jimmy, Tristan würde seine Hand suchen, so dicht ging er neben ihm, aber als Jimmy nach Tristans Hand griff, schrak dieser doch wieder zurück.

Sie wuschen sich Gesicht und Füße, jedes Familienmitglied hatte einen Waschlappen in seiner Farbe über dem Wannenrand hängen, Tristan teilte seinen mit Jimmy.

Die Jüngsten der Familie trauten sich nicht, ohne die Älteren schlafen zu gehen, und die Älteren wollten auch nicht, dass die Kleinsten oben allein lagen, erzählte Tristan. Deshalb blieben sie, sobald es dunkel war, ständig beisammen und gingen jeden Abend gleichzeitig ins Bett.

Auf dem Rückweg verriegelte Tristan jede Tür, die er finden konnte, Türen, die tagsüber ständig offen gestanden hatten und von denen Jimmy gar nicht wusste, dass sie überhaupt ein Schloss hatten.

Tristan erschrak beim Herumdrehen der Schlösser, mit jedem Klick schrumpfte er ein Stück und wurde auch nicht mehr größer. Plötzlich wusste Jimmy, woran ihn Tristans Haltung erinnerte: an die von kleinen Kindern, die sich bei ihrem ersten Feueralarm in der Schule auf dem Sportplatz versammelten und noch nicht begriffen hatten, dass es eine Evakuierungsübung war.

Zwischen der Haustür und dem Wohnzimmer gab es

jetzt drei verschlossene Türen. Jimmy und Tristan standen wieder beim Rest der Familie. Tristans Vater blockierte die Klinke der letzten Tür mit einem gekippten Stuhl. Jimmy sah sich das stumm an. Bisher hatte er sich gefragt, ob Tristan ihn daran hatte hindern wollen, vor der morgigen Rettungsaktion zu flüchten, doch die Barrikade von Tristans Vater stellte klar: Es ging nicht darum, jemanden einzusperren, sondern darum, etwas von draußen auszusperren. Je nervöser Tristans Vater wurde, umso dichter scharten sich die Kinder um ihn.

»Erwartet ihr Einbrecher, gibt es hier Diebe in der Gegend?«, fragte Jimmy Tristan leise.

»Früher hatten wir keine Angst vor der Dunkelheit«, sagte Tristan. »Aber jetzt, wenn wir jetzt die Augen zumachen, sind wir wieder in den Bergen.«

Die Familie zögerte unten an der Treppe, schien sich in zwei Gruppen aufzuspalten, Mädchen und Jungen getrennt.

»Normalerweise schlafen wir immer alle oben, aber wir wollen nicht, dass eins der Mädchen heute Nacht aufwacht und dann denkt, dass du ein Fremder bist.« Tristan sprach, seit es dunkel war, nur noch in der Wir-Form.

»Aber ich bin doch kein Fremder? Ich nehme nicht viel Platz ein, ich kann mich ganz klein machen, hörst du?« Jimmys »ich« fühlte sich klein und mickrig an im Vergleich zu Tristans Mehrzahl.

Jimmy bewegte sich bereits in Richtung Treppe, er war höchstens zwanzig Stufen von dem himmlischen Matratzenzimmer entfernt, und auch wenn die Stimmung nicht mehr nach Kopfstandüben war, so würde einfach dort zu schlafen schon viel gutmachen.

Seine Argumente verfingen nicht, Tristan versuchte erst gar nicht, Jimmys Einwände vorzutragen. Tristans Vater gab seinen Töchtern einen Gutenachtkuss, Tristans Mutter küsste ihre Söhne. Sie knuddelte auch Jimmy, mit ihrem würzigen Geruch, den langen offenen Haaren und den länglichen, frei hängenden Brüsten unter dem T-Shirt. Danach ging sie ihren Töchtern voraus, die Treppe hinauf, Paola auf dem Arm. Tristans Brüder und ihr Vater blieben unten, schauten zu, wie die Frauen winkten, als würden sie für Jahre weggehen. Defrim schluchzte, auch das Baby begann zu weinen. Lavdi ging als Letzte, sie trug einen Metalleimer hinauf. Im Gehen löste sie ihren Knoten, sie hatte dickes, glattes Haar bis zur Taille.

Für Jimmy war es ein Rätsel, wo die Männer schlafen sollten. Soweit er wusste, gab es in diesem Haus kein zweites Schlafzimmer.

Er folgte Tristan, der ebenfalls einen Eimer aus der Küche mitgenommen hatte, in den Raum mit den Kleidungsstücken im Erdgeschoss.

Auf einer Ecke des Klaviers lag ein Stapel unordentlich zusammengelegter Handtücher und Laken. Es war ein Laken zu wenig, Tristans Vater gab Jimmy eines, angelte für sich selbst einen Schal aus dem Altkleiderhaufen und kontrollierte, ob er breit genug war, sich damit zu bedecken.

»Such dir einen Platz aus«, sagte Tristan.
»Holen wir keine Matratzen von oben?«, fragte Jimmy.
»Das lohnt sich nicht für eine Nacht.«
Jimmy sah zu, bis er verstand, was Sache war. Tristans Vater und die vier Brüder suchten sich jeder einen Platz aus, machten sich dort eine möglichst weiche Unterlage, sortierten alle Kleidungsstücke mit Knöpfen oder Reißverschlüssen aus, woraufhin sie sich zurechtruckelten und einwühlten wie Katzen, die es sich behaglich machen.
»Zieht ihr euch keine Schlafanzüge an?«, flüsterte Jimmy.
»Nein, weil – falls wir rausmüssen.«
Tristan hatte den Eimer an der Tür stehen lassen. Jimmy legte sich möglichst weit von ihm entfernt hin und gleichzeitig möglichst nah bei Tristan, der seinerseits dicht zu seinem Vater rückte, was zur Folge hatte, dass sie schließlich zu sechst nur die Hälfte des Zimmers einnahmen. Defrim und Riad schmiegten beide den Kopf in die Achseln ihres Vaters. Naim rollte sich unter dem Klavier zusammen.

Die Luft, die aus den Decken quoll, war wie Tristans eigener Geruch eine Mischung aus Seife und eingezogener Feuchtigkeit. Jetzt, da er den Geruch einordnen konnte, roch Tristan für ihn rückwirkend weniger angenehm. Am Nachmittag, beim Aussuchen seiner Badehose, hatte er ihn nicht bemerkt, aber da war er auch nur leicht gewesen. Gerüche wurden im Dunklen stärker, genau wie die Angst.

Gute Nacht allerseits, und mögen wir heute Nacht keinen Besuch in unseren Träumen bekommen, übersetzte Tristan den Wunsch, den sein Vater aussprach.

Nach diesen Worten wurde das Licht nicht ausgeknipst, die Birne an der Zimmerdecke brannte weiter. Jimmy traute sich nicht zu fragen, ob das Absicht war, es war unmöglich, dass die Ibrahimis es nicht selbst merkten.

War diese Nacht Teil der Prüfung, spielte die ganze Familie noch immer mit, um herauszufinden, ob Jimmy kein Feigling war, ob sie ihn tatsächlich für ihren Rettungsplan einsetzen konnten? Jimmy zählte sämtliche Sportaktivitäten auf, in denen er nicht ganz schlecht gewesen war, doch nichts davon erschien ihm von Nutzen für das Organisieren einer Heldentat wie jener, die in der Zeitung beschrieben worden war.

Er beobachtete Tristan, der die Augen schloss und sich in Fötushaltung zusammenrollte. Abwartend blickte er auf Tristans geschlossene Lider, bis die sich wieder öffnen würden und sich herausstellen würde, dass die Prüfung bestanden war. Dann konnten sie nach oben, um sich zu den Übrigen zu gesellen. Gut und gern zehn Minuten lang passierte nichts. Tristan merkte, dass Jimmy ihn anstarrte, und drehte sich scheu um.

Auf dem Boden zu schlafen musste bequemer sein als auf Kleidungsstücken. Egal wie Jimmy sich hinlegte, immer bildeten sich schmerzende Hubbel im Stoff. Er sah sein eigenes Zimmer vor sich, seine Mickey-Mouse-Decke, seinen Schreibtisch mit den Ninja-Turtles-Postern darüber. Er konnte hier weg, brauchte nur den Stuhl unter der Klinke der Wohnzimmertür wegzuschieben, drei Schlüssel umzudrehen, sich sein Mountainbike zu schnappen und nach Hause zu fahren. Seine Mutter lag bestimmt schon im Bett, er hatte einen Schlüssel in der Innentasche seines Rucksacks, die kleinen Dackel würden ihn begrüßen, schon konnte er ihre tickenden Krallen auf dem Fliesenboden hören.

Aber er blieb liegen. Wenn er ging, konnte er sich hier nie wieder blicken lassen. Er wusste genau, wie dieser Ort ohne ihn aussehen würde, wie diese Familie ohne ihn zurechtkäme. Selbst wenn sie zurückgeschickt würden in ein Land, das er sich kaum vorstellen konnte, konnte er sich ihr Leben besser ausmalen als sein eigenes Leben ohne sie – sein Schlafzimmer, seine Decke, seine Sammlung, er wusste nicht, wie das gehen sollte.

Sechzigmal bis sechzig zählen und das achtmal, so lange dauerte es, bis die Sonne wieder aufgehen würde, bis die Vögel draußen zwitschern und die ersten Autos vorbeifahren würden, bis ein Hahn krähen würde und die Kirchenglocken zur Frühmesse läuteten.

Die Nacht war endlos. Alle fünf Ibrahimis murmelten im Schlaf flehentliche Bitten auf Albanisch.

»*Jo jo jo*«, jammerte Tristans Vater immerzu, das wenige Albanisch, das Jimmy kannte – nein nein nein. Tristan vergrub sich ganz in den Kleiderschichten, versuchte, sich zu verstecken, um dann plötzlich zehn Minuten später wimmernd in eine Zimmerecke zu kriechen, ein verletztes Tier, das Laken um sich gewickelt. Es war, als würden von diesem Zimmer aus ihre Seelen einen Krieg in einer anderen Dimension austragen.

Oben hörte er von Zeit zu Zeit, wie jemand einen Satz schrie, woraufhin Paola zu weinen begann, er meinte Jetmiras Stimme zu erkennen. Jimmy schämte sich für die Ruhe, mit der er im zurückliegenden Jahr jede Nacht in seinem Zimmer verbracht hatte. In seinem Hochbett aus Holz, in dem er dem Krieg insgeheim für seine Existenz gedankt hatte, in dem er sogar Milošević gepriesen hatte, weil der dafür gesorgt hatte, dass Tristan nach Belgien gekommen war.

Ab und an stand jemand auf, um mit lautem Plätschern in den Eimer zu pinkeln. Dann verbreitete sich der schale Geruch von Urin im Raum, der nach einer Weile abflaute, um noch süßer und komplexer aufzuflammen, wenn ein neuer Strahl das Ganze wieder umrührte. Sobald jemand aufstand, um zu pinkeln, hob Jimmy den Kopf, um zu schauen, ob auch andere wach waren, und tatsächlich, dann waren alle wach, sahen einander mit entsetztem Blick prüfend an, als hätte jemand eine Frage gestellt, auf die keiner die Antwort wusste.

# IV

Gleich nach dem Frühstück hatten sie sich nach Klein-Kosovo zurückgezogen, wo Jetmira die Mappe mit den Zeitungsausschnitten hervorgeholt hatte. Mit gespieltem Staunen überflog Jimmy beide Artikel. Jetmira warf rasch eine Skizze von der Gegend auf Papier, wo ihr Plan, die Rettung, vonstattengehen sollte. Ein breiter Streifen, daneben ein Strich, Gekritzel in Form einer Wolke.

Ihre Erläuterungen waren von lebenswichtiger Bedeutung. Dennoch musste Jimmy sich sehr anstrengen, sich auf die Striche zu konzentrieren. Immer wieder sah er vor sich, wie er an diesem Morgen, beim Frühstück, die Mappen mit den Doppelten vorgefunden hatte.

Um Punkt halb sieben hatte Tristan Jimmy, der erst eingeschlafen war, als es draußen hell geworden war, geweckt. Die gesamte Familie sei bereits aus dem Bett, hatte er gesagt, das Frühstück sei fertig, gebratene Würste und Rührei, Jimmy solle ordentlich essen, für eine Heldentat brauche man Kraft. Der Eimer mit dem Urin war verschwunden. Nichts in dem Kleiderzimmer deutete darauf hin, dass hier sechs Männer die Nacht zugebracht hatten.

Jimmy hatte sich an den noch gedeckten Frühstückstisch gesetzt, gegenüber von Defrim, der mit den Resten auf seinem Teller herumspielte. Die Ehrlicher-Finder-Krawatte hing locker um den Hals des Jungen, der Knoten vom Vortag noch intakt, darauf ein Klecks Eigelb.

Tristan musste so stolz auf seine neue Sammlung gewesen sein, dass er sie sofort mit seinen Brüdern und Schwestern hatte teilen wollen, eigentlich war das ein gutes Zeichen.

Alle Kraft, die Jimmy aus der Wurst und dem Rührei bezogen hatte, strömte wieder aus ihm heraus, als er beim Wegstellen seines schmutzigen Tellers sah, in welchem Zustand sich der Rest der Sammlung befand: Alle Flippos waren aus den Sichtfenstern genommen worden und lagen in der Küche verstreut herum, auf der Spüle zwischen dem Geschirr mit den Essensresten, neben dem Herd, in der Seifenschale, auf der Fensterbank zwischen den Kakteentöpfen, auf dem Fußboden. Lavdi, die das Geschirr abwusch, lief auf ihren Flip-Flops einfach darüber hinweg.

Jimmy hatte versucht, möglichst viele von ihnen aufzusammeln, um sie abzuwischen und wieder in die Mappe einzuordnen, doch Tristan mahnte, dass es höchste Zeit war zu gehen. Die beiden schönsten Stücke, die in Reichweite von ihm lagen, hatte er noch schnell an sich genommen, World-Flippos Nummer 196 und 223, Daffy Duck als Julius Cäsar und Wile E. Coyote als Einstein.

»Okay, ich glaube, ich hab alles«, sagte Jetmira. »Jetzt gut aufpassen.«

Sie erklärte, was sie gezeichnet hatte. Der breite Streifen sei der Kanal, der Strich daneben stelle den Treidelweg dar, das Gekritzel einen Strauch.

»Kanal?«, fragte Jimmy.

»Tristan wird dich heute vor dem Ertrinken retten. Du fällst ins Wasser, und er springt dir nach und bringt dich wieder an Land.«

Jimmys Brust zog sich zusammen. Ihm war wieder genauso kalt wie bei der Prüfung.

Er trat ein paar Schritte zurück, wobei er den Kopf schüttelte.

»Du willst doch auch, dass wir bleiben können?«, fragte Jetmira.

Jimmy nickte.

»Also, dann brauchen wir diese Heldentat.«

»Ich will wirklich nicht in den Kanal springen«, sagte Jimmy. »Lass uns einen anderen Plan ausdenken.«

»Wär's dir lieber, wir zünden dein Haus an und retten dich dann daraus?«

»Weißt du, wie viel Angst man in einem echten Krieg hat?«, fragte Tristan. »Du brauchst gleich keine Angst zu haben, du wirst auf jeden Fall gerettet. Das Einzige, was du tun musst, ist, im Wasser zu liegen.« Er sagte das in beruhigendem Ton, aber es wirkte nicht richtig. Tristan war zwar innerhalb eines Jahres zu einem der besten Schwimmer der Schule geworden, aber es war schon noch ein

Unterschied, ob man mit einem Körper gut schwimmen konnte oder mit zweien.

»Und kann ich über eine kleine Leiter rein?« Jimmy war noch nie ohne Schwimmbrett vom Rand ins Wasser gesprungen. Das wusste Tristan auch. Wenn während des Schwimmunterrichts in der Schule kein Brett frei war, ging Jimmy über das Kleinkinderbecken ins Wasser, um dann Schritt für Schritt weiterzugehen, bis zum tiefsten Punkt im mittleren Becken, wo er gerade noch stehen konnte.

»Nein, das ist der schwierigste Teil für dich, dass du vom Rand ins Wasser springen musst. Wenn du das geschafft hast, bist du schon fertig, dann musst du nur noch auf mich warten.«

Sie waren mit ihrem Plan viel zu weit gegangen. Jimmy kam mühelos auf eine ganze Menge gefährlicher Heldentaten, Rettungsaktionen, für die kein Wasser nötig war, bei denen sie zu keinem Zeitpunkt wirklich in Gefahr waren. Er konnte vorgeblich an einem Flippo ersticken, worauf Tristan irgendwas machte und er den Flippo kraftvoll wieder ausspuckte.

»Weißt du, was viel besser ist? Wir können das prämierte Tier vom Verein ›Die Schnelle Taube‹ entführen und dann wiederfinden. Weißt du, was so ein Vogel wert ist?«

Tristan hörte nicht zu. Er zog Jimmy am Arm mit zu dem Mäuerchen in der Mitte der Scheune, das ungefähr einen Meter hoch war.

»Hier runterspringen, das traust du dich doch, oder?«

»Ja«, sagte er vorsichtig. »Natürlich.«

»Dann mach's mal vor.«

Widerstrebend kroch Jimmy auf das Mäuerchen.

Das sei alles, was er nachher tun müsse, aus ungefähr dieser Höhe springen. »Das Wasser musst du dir dann einfach wegdenken.« Tristan hatte die Hand erhoben, so dass Jimmy im Sprung dagegenschlagen konnte.

Jimmy blickte auf den Stallboden hinunter. Flippo Nummer 131, eines seiner Lieblingsstücke, mit Elmer Fudd und Bugs Bunny als Raumfahrer, neben dem Gasbrenner, verformt von der Hitze – wieder stiegen ihm Tränen in die Augen.

Er sprang, klatschte beim Landen Tristans hochgestreckte Hand ab.

»Aber glauben die Leute dann, dass ich in den Kanal gefallen bin oder dass ich selbst gesprungen bin?«

»Dass du gefallen bist«, antwortete Tristan prompt.

»Ja, aber wenn die Leute denken, dass du selbst gesprungen bist, dann ist das auch nicht schlimm«, sagte Jetmira. »Die Leute würden das auch glauben, wenn sie wissen, aus welcher Familie du kommst.«

»Wie meinst du das?«, fragte Jimmy. Er wusste sehr wohl, was Jetmira meinte.

»Wir nehmen einen Ball mit«, sagte Tristan. »Du hast versucht, den Ball aus dem Wasser zu angeln, und bist dann reingefallen, okay? Jetmira, jetzt erklär ihm einfach unsere Taktik.«

Jetmira schwieg kurz, lutschte an dem Stift, bevor sie ihn aufs Papier setzte. Sie malte ein Männchen in dem Gebüsch. »Okay. Hier stehe ich. Und Tristan, du stehst hier.« Auch auf dem Treidelweg erschien ein Männchen. »Wir spielen hier auf dem Treidelweg, bis wir es plumpsen hören und dich im Wasser sehen.«

»Wo stehe ich genau und wo lande ich?«, fragte Jimmy, der sich mit aller Kraft zu ermannen versuchte. Gleichzeitig war er neugierig, wie Jetmira ihn zeichnen würde, er war noch nie von einem Mädchen porträtiert worden.

»Erst bist du hier.« Sie tickte mit der Spitze des Stifts aufs Blatt. »Und dann landest du im Wasser.« Wieder ein Punkt. Zwischen diesen beiden Punkten zeichnete sie einen Pfeil. Er war kein Männchen, er war eine Bewegung. Angesichts des Pfeils, der zu dem breiten Streifen Wasser zeigte, schnürte sich etwas in seiner Brust zusammen.

»Gibt es Menschen, die ins Wasser fallen und kein einziges Mal hochkommen, die einfach sofort ertrinken?«, fragte er.

»Nein, du hast Luft in der Lunge, du bist wie ein Ball. Du kannst nicht untergehen, solange du weiter nach Luft schnappst.«

Es sollte folgendermaßen laufen: Jetmira sollte sich etwas weiter weg verstecken, dicht neben dem Treidelweg in dem Gebüsch. Wenn ein Radfahrer auf sie zukäme, würde sie krähen wie ein Hahn, und dann müsse es sofort geschehen, der Radfahrer, den sie als Zeuge bräuchten, würde schon Sekunden später vorbei sein.

»Mach mal deinen Hahn für Jimmy«, sagte Tristan.

Jetmira streckte ihren Po nach hinten, reckte den Hals, hob das Kinn. Ihr Krähen bestand aus einem schrillen, tiefen Ton, irgendwas zwischen einer Taube und einem Hahn, mit einem U-Laut, bei dem Jimmy sich ziemlich sicher war, dass es ein Ü sein musste. Kükeleküüü, so machte ein Hahn. Zumindest ein flämischer. Vielleicht imitierte sie ja einen kosovarischen Hahn.

»Wenn du das hörst, also, dann musst du sofort vom Rand ins Wasser fallen.«

Jetmira würde, nachdem sie gekräht hatte, so schnell wie möglich in die Dijkstraat laufen, da würde sie an verschiedenen Häusern klingeln, um Hilfe rufen und verlangen, die Feuerwehr und die Polizei und die Ambulanz zu rufen. Es sei notwendig, die alle herbeizubeordern, dann mache die ganze Aktion mehr Eindruck, und wenn sie Glück hätten, käme auch noch jemand von der Zeitung dazu, die Frau, die sie mal für die *Gazet van Antwerpen* interviewt hatte, wohne auch da.

»Eine Ambulanz«, fragte Jimmy, »das wird doch nicht nötig sein, oder?« Seine Hand glitt in die Hosentasche, umklammerte die Flippos. Automatisch begann er, die Einkerbungen zu zählen, indem er seinen Nagel hineindrückte, erst die größte Einkerbung, dann weiterdrehen, Nagel reindrücken, weiterdrehen, Nagel reindrücken – sieben Zwischenstopps, bevor er wieder bei der großen Kerbe angelangt war. Flippos hatten immer dieselbe Form, immer die gleiche glatte Textur, er liebte das Gefühl, wie sie passgenau in seiner Hand lagen. Dass sie dazu dienten, ganze Bauwerke zu errichten oder Stapel, an die man dann einen Flippo werfen musste, um den Sieger zu bestimmen, wie es in der Fernsehwerbung hieß, war Unsinn, eigentlich dienten die Einkerbungen genau dazu: einen bis acht zählen zu lassen und dabei nie zu enttäuschen.

»Nein, normalerweise brauchen wir keine Ambulanz, aber schon für die Geschichte, dann macht das alles mehr Nachdruck.«

Eindruck, wollte Jimmy korrigieren. Es war ein typischer Fehler, den Jetmira öfter machte, aber diesmal überhörte er es.

»Nachher, wenn wir erst mal da sind, erklärt es sich von selbst. Jemand noch Fragen?« Jetmira hatte eine heisere Stimme bekommen, vor Nervosität oder von dem Geschrei in der Nacht.

»Warum war ich eigentlich der Erste auf eurer Liste?« Jimmy brauchte gar nicht erst über eine Frage nachzudenken, davon lagen eine ganze Reihe in seinem Kopf parat, wie Mentos in einer Rolle, er konnte sie eine nach der anderen rausdrücken.

»Weil du von allen, die wir kennen, am wenigsten gut schwimmen kannst, mit dir ist das am glaubwürdigsten.«

»Und wozu diente die Prüfung von gestern eigentlich?«

Nun war Tristan es, der sich um eine Erklärung bemühte; er suchte nach Worten, während er auf die Kulimine schaute, die Jetmira nervös rein- und rausklickte.

Sie hätten testen wollen, ob die Person, die sich an

der Rettungsaktion beteiligte, in eiskaltem Wasser keine Schockstarre bekäme. Das hätten sie erlebt, als sie einen halben Kilometer vor der italienischen Küste aus dem Boot gestoßen wurden, bei einem Mädchen, das angeblich eine ausgezeichnete Schwimmerin war. »Sie war nicht in den Hut eines Erwachsenen genommen worden, und als sie im kalten Wasser landete, erschrak sie so, dass sie sich nicht mehr bewegen konnte.« Innerhalb einer Minute, noch bevor ihr jemand helfen konnte, sei sie wie ein Stein gesunken.

»In die Ob-hut«, sagte Jimmy. Er schaffte es doch nicht, Tristan einen Fehler durchgehen zu lassen. »Und wenn es unbedingt eine Rettung aus dem Wasser sein muss, warum dann nicht in der Grube oder in der Nete oder einfach im Preventorium? Warum ausgerechnet im Albertkanal?« Er konnte seinen Blick nicht von dem Kugelschreiberpunkt auf dem Blatt abwenden, als müsse er sich schon jetzt mit den Augen über Wasser halten.

Diesmal antwortete Jetmira, resolut. Im Wald rings um die Grube käme manchmal den ganzen Tag lang niemand vorbei, und sie bräuchten Zeugen. Im Schwimmbad gebe es einen Bademeister, der ihn retten würde. Sie seien gestern Vormittag auf Erkundung losgezogen, die meisten Passanten seien am Albertkanal zu finden. Viele Rentner, die morgens eine Runde auf dem Fahrrad drehten, viele Leute mit einem Hund, Jogger sowie Leute, die mit dem Fahrrad zum Industriepark Herentals zur Arbeit führen. Außerdem sei es ein königlicher Kanal. Jimmy solle nicht so viele Fragen stellen, sie hätten sich das besser überlegt, als er für möglich halten würde. Wenn sie so dumm wären, wie Jimmy sie hinstelle, hätten sie, weiß Gott, die Flucht nach Belgien nicht überlebt.

●●●●

Sie zogen los, ohne Rucksack oder Handtuch. Tristan trug eine schwarze Jogginghose von Adidas mit Reißverschlüssen in den Hosenbeinen, die würden das Schwimmen bestimmt nicht einfacher machen. Er hatte einen Ball dabei, den er vor sich her prellte. Tristans Mutter, die wohl davon ausging, dass sie auf dem Basketballplatz spielen würden, wollte Jimmy eine Flasche Limonade mitgeben. Tristan lehnte das ab.

»Folge uns«, trug er Jimmy auf, »aber lass mindestens den Abstand eines mittelgroßen Grundstücks zwischen uns.« Es sei besser, dass sie nicht zusammen gesehen würden.

»Das macht doch keinen Sinn, dass wir den ganzen Weg getrennt gehen? Alle wissen doch, dass wir die besten Freunde sind, oder?«, sagte Jimmy.

Tristan und Jetmira wechselten Blicke.

»Sie dürfen an unserer Haltung nicht erkennen, dass wir zusammen etwas hecken«, sagte Tristan.

»Aus-hecken«, sagte Jimmy.

Jetmira und Tristan gingen voraus, ohne sich nach Jimmy umzudrehen. Weil sie Richtung Basketballplatz mussten, nahmen sie nicht den kürzesten Weg zum Kanal, sondern machten eine große Schleife durchs Dorf.

Jimmys Atmung war noch immer nicht normal. Vielleicht konnte er sich davonstehlen. Bei jeder Nebenstraße oder jedem Garten mit einer langen Einfahrt kam ihm der Gedanke daran von neuem, doch je länger er damit wartete, umso weniger Mut hatte er, ein Feigling zu sein.

Fast alle Dorfbewohner, denen Tristan und Jetmira unterwegs begegneten, grüßten sie freundlich. Ein Stammgast, der auf der Terrasse der Dorfkneipe Kaffee trank, wedelte mit dem mitgelieferten Keks, den Jetmira mit einer freundlichen Geste ablehnte.

Die Friseuse, hinter ihrem Kunden stehend, streckte den Daumen in die Höhe.

Ein Entgegenkommender mit Hund forderte Tristan zu einem Pass auf und schoss den Ball zurück, haargenau vor seine Füße.

An Dutzenden von Häusern auf ihrem Weg hingen die Flyer, die Johan gestern bei sich gehabt hatte. Hinter all den Fenstern dasselbe Foto von der Familie Ibrahimi. Als würden Tristan und Jetmira durch ein Spalier aus dem immergleichen Grüppchen Zuschauer gehen, unter denen sie sich selbst befanden.

Die Inhaberin des Kerzenladens, die gerade ihr Auto wusch, deutete auf den Flyer, den sie sowohl an die Schaufensterscheibe als auch an die Scheibe ihres Lieferwagens geklebt hatte. Sie lasse jetzt sogar zwei Kerzen brennen, rief sie.

Der Vater eines Kindergartenkinds, den Jimmy manchmal am Schultor gesehen hatte, steckte den beiden eine Münze zu.

Jimmy bekam keinen Daumen, keinen Ball, keine Münze. Keiner dieser Leute schien wirklich zu wissen, wer er war. Oder vielleicht wussten sie es schon, hatten gehört, was sein Vater mit dem Versicherungsgeld einer Reihe von Dorfbewohnern gemacht hatte, und wollten den Sohn von so jemandem keines Blickes würdigen.

Tristan und Jetmira verlangsamten ihre Schritte und bogen in die Eeemdstraat. Jimmy musste sich anstrengen, sie nicht einzuholen. Er war es gewohnt, vor ihnen her durchs Dorf zu gehen, ihnen Dinge zu zeigen, sie zu den Orten zu schleppen, die er besser kannte als sie.

Sie näherten sich dem Brotautomaten. Eine alte Nachbarin mit einem Kleinkind im Buggy und Brot unter dem Arm blieb stehen, zeigte Jetmira das Baby. Die kniff ihm in die Wange, zog ein paar Grimassen, wurde gefragt, was »Oma« und »Baby« auf Albanisch hieß. Erst jetzt drehte Tristan sich um und schaute, ob Jimmy noch da war. Jimmy bückte sich und tat so, als binde er sich die Schuhe zu, er blieb in dieser Haltung, bis die Frau mit dem Kinderwagen auch an ihm vorbei war.

Warum schubsten sie diese beiden nicht ins Wasser? Omas konnten viel glaubwürdiger ertrinken, und ein Baby zu retten, war das keine größere Heldentat?

Wenn niemand Jimmy hier gehen sah und niemand sich die Mühe machte, ihn zu grüßen, warum sollte es ihnen wichtig sein, dass er gerettet wurde? Niemand im Dorf außer Tristan würde merken, dass er weg war. Seine Mutter würde das Bett wieder ein paar Monate lang nicht verlassen, aber sie würde darüber hinwegkommen und noch zwei junge Hunde ins Haus nehmen, ihre Körbchen in sein Zimmer stellen und dann, genau wie bei seinem Vater, jeden Tag wiederholen, dass sie die Hündchen nie wieder für seine Rückkehr würde eintauschen wollen. »Weggegangen, Platz vergangen.«

Er konnte es nicht lassen, fühlte doch schnell nach im Münzfach des Automaten, aber nein, nichts, und letztlich war es besser so, Münzen in seinen Hosentaschen würden es ihm nur noch schwerer machen, über Wasser zu bleiben.

Am Ende der Veerstraat kamen sie an dem Bungalow mit dem Flachdach vorbei. Den schwarz-gelben Löwen hatten diese Leute schon viel länger gehisst, aber seit der Ankunft der Ibrahimis war noch ein schwarz-oranges Poster am Fenster hinzugekommen, mit einem Spruch über Flüchtlinge, den man zum Glück von der Straße aus nicht lesen konnte, denn Tristan musste hier jeden Tag vorbei auf dem Weg zur Schule.

Seit der Ankunft der Ibrahimis schöpften einige Befriedigung daraus, *keine* Hilfe zu leisten, und als wäre dieses Nichtstun noch nicht genug, wollten sie es Tristan oder seinen Geschwistern auch ausdrücklich sagen. Der Mann, der in diesem Bungalow wohnte, hatte Tristan mal am Schultor auf die Markenkleidung angesprochen, die er trage, die teurer sei als die Kleidung, in der er seine eigenen Kinder in die Schule schicke, er, der als Familienoberhaupt im Gegensatz zu ihnen täglich zur Arbeit gehe, als Lagermeister.

Tristan hatte dem Mann ruhig zugehört, wobei er mit der Hand eine zusätzliche Muschel um sein schlechtes Ohr formte. Jimmy hatte Tristans Höflichkeit bewundert, doch eine Stunde später, als sie im Gemüsegarten Unkraut jäteten und Jimmy gefragt hatte, ob Tristan wisse, was Neid bedeute, hatte dieser die fauligen Kartoffeln mit solcher Wucht an die Mauer gepfeffert, dass Jimmy das nicht weiter vertieft hatte.

Jimmy wusste sehr gut, was Neid bedeutete. Wie oft hatte er an den Schwimmmittwochen Tristans Fortschritte mit eigenen Augen vom mittleren Becken aus verfolgen müssen. Natürlich freute er sich für Tristan, dass dieser sich wenige Monate nach seiner Ankunft dank der Hilfe von Mijnheer Pieters bis zum tiefsten Becken hochgearbeitet hatte, aber es war nicht schön gewesen, danach an jedem Mittwoch zuschauen zu müssen, wie Tristan sich traute, sich am Rand zwischen den Sechstklässlern aufzustellen und ohne Schwimmbrett ins Wasser zu springen, ganz und gar seinem wirklichen Alter entsprechend, von Kopf bis Fuß zwölf.

Tristan hatte vorhin leicht reden können, als er sagte, Jimmy sei der Einzige, der nicht schwimmen könne. Wenn Mijnheer Pieters es sich nicht zum persönlichen

Anliegen gemacht hätte, Tristan zum 1500-Meter-Abzeichen zu verhelfen, wäre dieser keine Wasserratte geworden und würde ebenfalls binnen Minutenfrist wie eine Wespe in einem Glas Cola treiben. Und es war Tristan nicht in den Sinn gekommen, alle Anweisungen und Tricks, die er von Mijnheer Pieters bekam, an Jimmy weiterzugeben, wie Jimmy es mit allem Lernstoff tat.

Sie gingen an der SB-Tankstelle am Dorfrand vorbei, dicht vor der Brücke, wo der Sohn des Tankstellenpächters jetzt Fahrräder reparierte. Dort stand ein Streifenwagen, einer der Polizisten tankte gerade, der andere unterhielt sich mit dem Fahrradmechaniker. Sofort bekamen Tristans Bewegungen etwas Scheues. Er nahm Jetmira am Arm und zog sie hastig auf die andere Straßenseite.

Jimmy wäre lieber nicht mit hinübergegangen, wollte lieber in größtmöglicher Nähe zu den Polizisten bleiben, aber ihm blieb nichts anderes übrig, Jetmira sah sich schon nach ihm um.

Sie gingen die Brücke hinauf, bis Stück für Stück der breite Streifen graubraunblauen Wassers in Sicht kam.

Es gab keine Häuser mehr, die angaben, welchen Abstand er einzuhalten hatte, Jimmy hatte Jetmira und Tristan immer mehr Vorsprung gewinnen lassen. Sie hatten die Brücke bereits überquert, während er noch nicht mal den ersten Schritt auf sie getan hatte.

Normalerweise kam er auf dem Fahrrad hierher. Dann machte er auf der Mitte der Brücke halt und beugte sich über das Geländer, um aufs Wasser zu blicken, das übersichtlich zwischen zwei schnurgeraden grauen Asphaltstreifen lag, so weit das Auge reichte, und auf die Schiffe, die ab und an vorbeituckerten, die Familienkutsche auf dem Deck. In diesem Winter hatte er ein totes Reh vorbeitreiben sehen. Und ein paar Monate zuvor war ein Stück entfernt, in Massenhoven, ein Lieferwagen mit einem vermissten Mann um die fünfzig aus dem Wasser gefischt worden, der den Sicherheitsgurt noch umgeschnallt hatte. Es gab so viele Kinder aus dem Dorf, denen es verboten war, am Kanal zu spielen, dass Jimmy seine Mutter gefragt hatte, ob es irgendwelche Orte gebe, an denen er ihrer Meinung nach besser nicht rumhängen solle.

Heute ging er am Geländer entlang, ohne einen Blick aufs Wasser zu werfen. Er versuchte, auf die Fahrbahn zu schauen, auf seine eigenen Schuhspitzen.

Die Schuhe musste er ja gleich anbehalten, wenn er ins Wasser fiel, ging ihm plötzlich auf. Sogar ganz normal zu gehen wurde bei diesem Gedanken mühsamer.

Als Jimmy die andere Seite der Brücke erreicht hatte, standen Tristan und Jetmira bereits unten auf dem Treidelweg. Sie gingen unter Jimmy durch. Von hier aus sahen sie beide gleich groß aus, Tristan wirkte sogar älter, er hatte die breiteren Schultern.

Jimmy wusste genau: Wenn er sich jetzt umdrehen und davonlaufen würde, dann hinge alles von Johans Schwager, dem Anwalt, ab. Und wenn der dafür sorgen konnte, dass die Ibrahimis doch länger in Belgien bleiben durften, dann würde Tristan ganz sicher keine Zeit mehr mit Jimmy verbringen wollen. Tristan würde Kontakt zu den Jungs aus der sechsten Klasse suchen, mit denen er sich am Beckenrand für den Sprung ins Wasser versammelte. Bei ihnen würde er ständig mit Jungs seines eigenen Alters zusammen sein, sich für Mädchen zu interessieren beginnen und auf einen Schlag zu alt für Flippos sein. Er würde in Jimmys Leben so vorkommen, wie er jetzt hier unter ihm herlief, ohne ihn eines Blickes zu würdigen.

Jimmy folgte ihnen auf dem Treidelpfad. Sie hatten noch ein kurzes Stück entlang des Kanals zu gehen. Sie kamen an einem kleinen Schild vorbei, auf dem 0,7 stand, passierten die Abzweigung, die zur Dijkstraat führte, machten halt an einem Schild mit 0,8. Jimmy hatte diese Schilder bisher nie bemerkt, sie gaben bestimmt an, wie viele Personen pro laufende hundert Meter dieses Kanals im Durchschnitt ertrunken waren, so wie die kleinen Zahlen beim Minesweeper bezeichneten, wie viele Minen an das betreffende Feld grenzten.

Beim Schild 0,8 gab es eine kleine Leiter. Jetmira und Tristan diskutierten, schauten über den Rand des Treidelwegs ins Wasser, dann gingen sie ein Stück zurück, bis zum Schild 0,7. Jimmy ging in einigen Metern Abstand mit hin und zurück.

Sie schienen auf der Suche nach der genauen Stelle zu sein, die sie bei ihrer Vorbereitung ausgewählt hatten. Sie verharrten kurz, um den Radler nicht auf sich aufmerksam zu machen, der am anderen Kanalufer vorbeifuhr. Sobald der verschwunden war, diskutierten sie weiter auf Albanisch. In seiner Muttersprache verfügte Tristan über größeren Nachdruck, mehr Selbstvertrauen, als wenn er Niederländisch sprach. Auch wenn ein schwimmender Körper nicht von der Sprache abhing, wollte Jimmy lieber von dem Albanisch sprechenden Tristan als von dem Flämisch sprechenden gerettet werden.

Jimmy trat auf sie zu. »Gibt's ein Problem?«, fragte er. »Wenn ihr euch nicht einig seid, sollten wir es lieber verschieben.«

Die Stelle, die ihnen vorgeschwebt hatte, liege zu nahe bei einer Leiter, erklärte Tristan. Ohne Leiter in der Nähe sei es zu gefährlich, fand Jetmira. Eine Rettung wäre lächerlich, wenn Jimmy genauso gut allein herausklettern könnte, fand Tristan. Jetmira gab widerstrebend nach.

Sie standen jetzt auf dem Grasstreifen, nahe an der schräg abfallenden Uferkante. Jimmy versuchte, das Wasser zu fixieren, in der Hoffnung, erzwingen zu können, dass es ihn verschone. Das Wasser gab in keiner Weise nach. Im Schwimmbad lag die Oberfläche nur zwanzig Zentimeter unter dem Rand, hier gut und gerne noch einen Meter tiefer.

An seinem Gesicht musste abzulesen sein, dass er nur schwer Luft bekam, denn Jetmira legte ihm eine Hand auf die Schulter. »Einfach ruhig atmen. Die oberste Wasserschicht wird wahrscheinlich nicht so kalt sein wie bei der Prüfung gestern, im Sommer wärmt die Sonne sie auf. Das Einzige, was du tun musst, ist: oben bleiben, bis Tristan da ist. Treiben, das geht von allein, solange du ruhig bleibst. Du darfst schon mal kurz strampeln und nach Tristan schreien, so dass es aussieht, als wärst du in Panik. Und nicht selbst schon ans Ufer schwimmen, beweg dich eher ein bisschen vom Rand weg.« Sie machte eine kurze Pause. »Merkst du dir das, Jimmy?«

»Ja«, sagte Jimmy. Das Wort kam ihm fast nicht aus der Kehle.

»Jimmy« – Tristan klang etwas ungeduldig – »keine Panik, das ist eine Rettungsaktion, keine Ertrinkensaktion. Und es ist nicht das Meer, es ist nur ein Kanal.«

Es ist nur ein Kanal, wiederholte Jimmy laut, es ist kein Meer. Wie sollte er sich neben zwei Menschen entspannen, die in der Vergangenheit schon mal jemanden hatten ertrinken sehen? Sie konnten sich aus dem Staub machen, wenn alles schiefzulaufen drohte, und niemand würde wissen, dass es ein gemeinsamer Plan gewesen war, dass Jimmy eigentlich ein Held war und kein Dummkopf, der einem billigen Fußball in den Albertkanal nachgesprungen war, obwohl er Fußballspielen hasste und froh wäre, wenn alle Bälle der ganzen Welt im Kanal verschwänden.

»Ich beziehe meine Position«, sagte Jetmira. Sie ging den Treidelweg entlang, kurz vor der Abbiegung zur Dijkstraat kroch sie in das Gebüsch.

Falls Jimmy kneifen wollte, so war dies seine letzte Chance. Dann musste er jetzt einfach wegrennen.

Schweigend standen er und Tristan nebeneinander. Die Ärmel ihrer Pullover streiften einander. Etwas in Tristans Blick machte, dass Jimmy stehen blieb.

»Alles geht gut«, sagte Tristan und wiederholte es noch einmal. »Ich rette dich, und du rettest uns. Ich verliere dich nicht aus dem Auge, du verlierst mich nicht aus dem Auge. Zwischen unseren Augen wird ein unsichtbares Seil hängen, das nur wir sehen können.«

Jimmy nickte. Wenn man besser hinhörte, gab das ans Ufer schwappende Wasser einen Rhythmus vor, den Takt des Brustschwimmens.

Wenn der Plan gelang, würde Tristan einen Orden bekommen oder ein Abzeichen oder was auch immer ihm zuerkannt würde, womöglich würde er heute Abend im Fernsehen in die Nachrichten kommen. Der Moderator würde wissen wollen, wo Tristan so gut schwimmen gelernt hatte, man würde Mijnheer Pieters um eine Reaktion bitten. Würde man auch dem Geretteten eine Frage stellen? Ob Jimmy Angst gehabt habe, ob er dankbar sei? – Nein, keine Angst, würde er sagen, und ja, natürlich, er verdanke sein Leben seinem Freund. Und vielleicht, wer weiß, würde das auch sein Vater sehen und ihn danach anrufen, dann konnte Jimmy ihm endlich seine Zeugnisnoten vorlesen.

Tristan legte einen Arm um Jimmy und drückte ihn an sich. Ein paar Sekunden lang standen sie still, den Ball vor ihren Füßen. Jimmy glaubte, einen Schluchzer zu hören, und ließ Tristan los, um zu schauen, ob es wirklich so war, denn dann könnten sie das hier abblasen, aber von Tränen war keine Spur zu sehen, und Jimmy bereute sofort, dass er die Umarmung so schnell abgebrochen hatte.

Sie warteten schweigend, mit gespitzten Ohren. Das Wasser schien schneller zu schwappen. Jimmy schaute, ob sich von fern nicht ein Schiff näherte. Man durfte niemals gleichzeitig mit einem Schiff im Wasser sein, das sog einen zu seiner Schraube heran, wusste er aus einer Doku, die er in der Schule gesehen hatte, die Schraubenblätter waren scharf, der Körper wurde im Wasser zermalmt, man wurde zum Smoothie. Er würde möglichst viel Luft in seiner Lunge behalten müssen, so dass er zu einer Art Ball wurde. Vielleicht konnte er den Ball als Schwimmbrett verwenden und mit ihm in den Händen ins Wasser springen?

Alles, was schiefgehen konnte, ballte sich am Ausgang seiner Gedanken, wie drängelnde Schüler, die sich gegenseitig am Tor zum Schulhof behindern, wenn es zur Pause klingelt.

Von fern erklang plötzlich das leise, aber unverkennbare Krähen eines Hahns. Es hatte verdächtig viel Ähnlichkeit mit einem echten Hahn.

Sie sahen einander an.

Was, wenn der Hahn aus einem der Gärten in der Nähe verschlafen hatte und erst jetzt zu krähen begann? Dann würden sie diese Rettungsaktion ohne Zeugen durchführen, das heißt: umsonst.

Tristan trat kurz gegen den Ball, der mit einem dumpfen Plumpsgeräusch ins Wasser fiel und an der Oberfläche blieb.

Jimmy setzte sich auf die schräg abfallende Uferböschung. Der Ball war bereits zu weit entfernt, um ihm nachzuspringen und sich an ihm festklammern zu können. Er hatte keine Strömung erwartet.

Er wollte springen, konnte aber nicht. Das Wasser unter ihm war dunkel, fast schwarz.

Wieder das Kreischen eines Hahns, jetzt eindeutig der kosovarischen Art, und eines, der es eilig hatte.

Ein Schloss behinderte seine Bewegungen, und er kannte den Code nicht mehr.

Tun, nicht nachdenken, darauf kam's jetzt an.

Er würde so vorsichtig wie möglich ins Wasser springen, er würde die glatte Oberfläche so sacht wie möglich durchbrechen, damit seine Haare trocken blieben.

Er stand nicht hier, sondern auf dem Mäuerchen in Klein-Kosovo, unter ihm war der Stallboden.

Genau in dem Moment, als Jimmy in Bewegung kommen wollte, spürte er einen kräftigen und nicht zu verkennenden Schubs an seinem Rücken, gegen den er sich sofort stemmte. Zappelnd und fuchtelnd fiel er einen Meter in die Tiefe.

Alles verschwand, etwas schlug an seinen Kopf, ein eiskalter Schlag, der alle Luft aus seiner Lunge sog. Er spürte erst die Kälte, danach das Wasser, wie nass alles war, seine Kleidung hatte sich sofort restlos ergeben, die Hose sog sich am Körper fest, die runde Form seiner Flippos drückte an seine Haut, Pulli und T-Shirt hatten sich beim Sprung hochgeschoben, bildeten einen nassen Wulst unter seinen Achseln.

Es war überwältigend, die Dunkelheit, das Fehlen von Überblick, von Richtung, von Oberfläche, noch nie war ihm so viel auf einmal abhandengekomnmen. Er strampelte, krallte, griff um sich herum, suchte mit allem, was in ihm war, nach Halt. Er durfte nicht ausatmen, ohne Luft war er verloren.

Es klappte, er sank nicht mehr, eine sanfte Kraft schob ihn nach oben, er durchbrach die Oberfläche, schnappte nach Luft, konnte nichts aus seinen brennenden Augen erkennen, nur wie im Nebel den steilen, viel zu hohen Betondeich, der über ihm aufragte. Tristan war nirgends, Tristan war weg, nein, Tristan war noch da, Tristan rief seinen Namen.

Wieder sank er, hinein ins Dunkel. Dort schmeckte es muffig und nach Erde, nach der Schnecke von gestern, er bekam ein paar Schlucke Wasser in die Kehle, nein, er musste ein Ball bleiben, gefüllt mit Luft.

Er kam mühsam wieder nach oben, hustete Tristans Namen, sank.

Schwarz, weiß, dunkel, hell, rot, grün, weg, an, aus, unten, oben, er war ein Pixel auf einem Fernsehschirm, und jemand saß da und zappte herum.

Ganz kurz hörte er auf sich zu bewegen, wie Jetmira es ihm gesagt hatte, wer sich entspannte, trieb von allein.

Das Wasser ringsum wurde ruhiger, da war nur noch das Rauschen seines eigenen Blutes und rundherum eine schwerfällige Stille, die Abwesenheit deutlich unterscheidbarer Geräusche. Aus seiner Kleidung entwich die letzte Luft, sie suchte sich den kürzesten Weg zur Wasseroberfläche. Bläschen an Nacken und Rücken. Er trieb, kam aber nicht an die Oberfläche, das Wasser zog an ihm mit Tausenden von Händen, riss ihm den Schuh vom Fuß.

Er strampelte wieder. Der eine Fuß schwer, der andere leicht wie eine Feder. Seit Ewigkeiten war er schon am Wassertreten. Noch ein Schluck. Und noch einer.

Er wusste nicht mehr, wie oft er mit dem Kopf unter Wasser geriet. Den Ball sah er nirgends mehr.

Vielleicht ging Ertrinken so: Erst saugt man das Wasser in sich hinein, bis das Wasser einen von innen heraus aufgesogen hat.

Er kam wieder hoch, hörte Tristan immer noch nach ihm rufen, ein Geräusch, das von fern kam, vom Ufer her. Was tat Tristan dort noch immer, worauf wartete er? Das musste eine Falle sein, sie hatten einen anderen Plan, in den sie ihn nicht eingeweiht hatten, sie würden ihn einfach ertrinken lassen, sein Geburtsdatum stehlen, seinen Namen und seine Klassennummer übernehmen, seinen Platz besetzen.

Er war abgetrieben, befand sich mittlerweile weit vom Ufer entfernt. In dem Versuch, die Nase über Wasser zu halten, kippte er den Kopf nach hinten. Rufen ging nicht, das Wasser hatte jeden Laut aus ihm gewrungen.

Verschiedene Stimmen am Ufer.

Jimmy hörte ein Platschen, sah nichts. Durch die sich ausbreitende Welle bekam er wieder einen großen Schluck Wasser in die Kehle.

Die Leute am Ufer schrien Dinge, die Jimmy nicht verstehen konnte und die wahrscheinlich für Tristan bestimmt waren. Tristan war nirgendwo, noch immer nicht, noch immer nicht, noch immer nicht, Tristan war bestimmt auf dem Grund mit dem Kopf an irgendetwas gestoßen, ein Fahrrad, ein Auto, einen Betonmischer, all die Dinge, die Leute ins Wasser geschmissen hatten, weil sie sie nicht mehr bei den Ibrahimis hatten abgeben dürfen, nie würde er mehr nach oben kommen, sie würden einen Platz nebeneinander erhalten auf dem Kinderfriedhof. Doch nein – da war er, kraftvoll durchbrach Tristan die Oberfläche. Unter Wasser war er bis zu Jimmy geschwommen, er war ganz nahe, die Spritzer, die er ausprustete, flogen Jimmy ins Gesicht.

Da waren Tristans Hände, die ihn packten. Zuerst wehrte er sich automatisch dagegen, weil Tristan sich mit seinem Gewicht an ihn hängte und aus dem Gleichgewicht brachte, erst als Jimmy aufhörte zu strampeln, verlagerte sich das Gewicht, landete alles bei Tristan.

Tristan zog Jimmy in die Rückenlage, packte ihn an den Schultern, streckte seinen Körper unter den von Jimmy, sie bildeten einen Doppeldecker. Jimmy konnte die Muskelkraft in Tristans angespanntem Oberkörper spüren, das kraftvolle Treten seiner Beine; das Wasser, das für ihren Durchzug Platz machte, suchte nach Wegen zwischen ihnen hindurch.

Sie wechselten kein Wort. Jimmy versuchte, sich ganz zu ergeben, jeder kleine Muskel in seinem Körper, sein ganzes Gewicht, nicht der leiseste Widerstand. Nur für seine Atmung und die Sinne war er noch selbst zuständig.

Er schaute hoch. Es war bewölkt, die Wolken trieben mit ungefähr derselben Geschwindigkeit am Himmel entlang wie sie durchs Wasser. Auf der Brücke über ihnen fuhr in gemächlichem Tempo der Streifenwagen.

Jetmira begann etwas zu rufen. Sie stand zwischen den zusammengetrommelten Nachbarn, etwa drei, vier Leute, die schreiend mit wilden Bewegungen dem Streifenwagen zu winken begannen. Tristan hatte Jimmy noch weiter vom Rand abtreiben lassen, doch er blieb ruhig und wusste, was er tat, er wich dem schwappenden, saugenden Ufer aus, setzte die Route, die er vor Augen hatte, fort, Stoß um Stoß um Stoß.

Die Köpfe zweier Polizisten erschienen über dem Brückengeländer, der eine brüllte Tristan mit schwerer Stimme Anweisungen zu.

Die Beamten verschwanden wieder. Die Sirene wurde angemacht. Ihr Heulen war ganz nah, schien aber gleichzeitig von überallher zu kommen. Jimmy hing so nah an Tristan, dass er den Schock spürte. Tristans Bewegungen stockten urplötzlich. Er wurde zum Stein. Alles Gewicht verlagerte sich erneut, landete wieder bei Jimmy. Sie sanken sofort.

Jimmy wollte Tristan beruhigen, es sei nur eine Sirene, die Polizei sei gutartig, es drohe keine Gefahr – er versuchte, seinen Mund über Wasser zu kriegen, um zu ihm sprechen zu können, doch der Großteil seiner Worte wurde verschlungen.

Er konnte nicht anders, er musste den Stein loswerden. Er wand sich aus Tristans Griff, strampelte von ihm weg.

Den Rest nahm Jimmy in einzelnen Bildern wahr, jedes Mal, wenn es ihm gelang, mit dem Kopf über Wasser zu kommen. Den Aufruhr am Ufer, die Menschen, die etwas riefen, eine Person, die zu dem Schleusenwärterhäuschen in der Ferne rannte, Jetmira, die kniend einen Arm zum Wasser hin ausstreckte, endlich das Blaulicht ganz nah, die Stille, die auf das Ausschalten der Sirene folgte, einen Polizisten, der sich seiner Weste und Schuhe entledigte, den Blick in Tristans Augen, oder eher: die Leere in Tristans Augen.

Dieser Roman ist von der Geschichte der Familie Zenelaj inspiriert. Die zehnköpfige Familie landete im November 1998 auf der Flucht vor dem Krieg im Kosovo in Viersel und wurde vom Dorf aufgenommen. Ihr in Belgien geborener Sohn erhielt als Zeichen der Dankbarkeit den Namen Albert. Die Familie wurde 1999 ausgewiesen, doch nach massivem Protest des Dorfes wurde ihr schließlich doch Asyl gewährt.

Großen Dank an die mitwissenden Gefährten Rob, Bregje, Michaël, Daniël, Marscha, Frank, Bowi, Isabel, Isabella, Annemiek, Anita, Astrid, Elske, an alle von *Das Mag* und dem CPNB.